集英社文庫

救命センターからの手紙

ドクター・ファイルから

浜 辺 祐 一

集 英 社 版

救命センターからの手紙　ドクター・ファイルから ❖ 目次

I

II

救命センターからの手紙

ドクター・ファイルから

I

救命センターからの手紙

前　略

雨模様の夜です。

病院からほど遠くないところに住んでいる私の部屋の外を、救急車が、そのサイレンを街中に響かせながら、今宵も通り過ぎていきます。

先ほどから降り出した雨の音に消されがちになりながらも、あの悲しげで、それでいて、どこか滑稽なピーポーという音が耳に残ります。

「また救命センターに担ぎ込まれるのだろうか、こんな雨の夜には、ひどい交通事故が多いから……」

どれ、二杯目の水割りのグラスは脇においで、熱いコーヒーでも沸かすことにしましょう、ひょっとすると、いまの救急車の患者で呼びだされるかもしれませんから。

十分、二十分、電話のベルも鳴らず、ポケットベルも金切り声をあげません。

「やれやれ、酒盛りを続けてもよさそうかな」

三杯目のグラスに新しい氷を入れ、ウイスキーを注ごうとしたその時に、忌々しい電話が悲鳴をあげます。

そら、おいでなすった。

「先生、交通事故の患者です」

「年は？」

「二十歳《はたち》過ぎといったところでしょうか」

「状態は？」

「ショック状態です、かなり出血してます」

「輸血は？」

「何とか確保できてますが、頭も腹も、手足もやられていて、手術の手が足りません」

「わかった、すぐ行くから手術室に入っててくれ」

冷《さ》めきってしまったコーヒーを飲み干して、しばし天井を仰ぎます。

非番の日にも、おちおち酔っぱらってなんぞいられないわが身を恨んでいるのか、それとも、手術の手順を組み立てているのか、フーッと一つ溜息をつきます。

「よし、行くぞ」

誰に言うともなくつぶやきながら、傘を片手にドアを開け、外へ出ていきます。

手術が終わるころには、はたして、雨上がりのさわやかな朝、となっているのでしょうか。

「この降りじゃあ、とても朝までには止《や》みそうにねえな……」

『救命救急センター』、この言葉からあなたはいったいどんなことを想像されるのでしょうか。

いま流行《はやり》の、テレビのドキュメンタリーに出てくるような一場面を思い浮かべるかもしれませんね。

例えばこんなふうに。

真夜中の首都高速道路。ゆるいカーブを曲がったところで、二台、三台と玉突き衝突による事故が発生。

現場には、既に何台ものパトカーと救急車がかけつけ、点滅する赤色燈が、まるでストロボのように事故現場を照らし出している。

運転席に閉じこめられ血塗《ちまみ》れになったドライバーを、レスキュー隊が車外に引きずり出す。

苦痛で歪んだ顔に救急救命士の大声が飛ぶ。

「おい、しっかりしろ！　わかるな！」

　傷病者を乗せた救急車は、救命救急センター目指して深夜の街をひた走る。

　救急処置室に担ぎ込まれた患者のまわりを多くの医者がとり囲む。そして、そのまわりには手慣れた看護婦たちがてきぱきと動き回っている。

　患者の頭からは血がしたたり落ち、折れた右足からは骨が飛び出している。

　処置室はさながら戦場のようになり、患者のまわりを怒声が飛び交う。

「急がないと間に合わないぞ！」

　虫の息の患者は、初療を終え、慌ただしく手術室に運ばれていく。テレビカメラが、その後を小走りに追いかけていく。

　場面は一転する。

　間一髪、手術が間に合い、一命を取り留めた患者が、めでたく退院の日を迎える。

　少し照れ気味の患者を真ん中において、そのまわりには得意顔の医者と、にこやかに笑顔を振りまく看護婦たちの、楽しそうに談笑している絵がアップになる。

　そして、最新医学の勝利を誇るかのように、救命救急センターの遠景が、ドキュメンタリーの最後を締めくくる……

こんな光景が、現実からかけ離れたことだとは決して申しますまい。しかし、残念ながら、そんな絵に画《か》いたような話は、ほんの一握りしかないのです。

手術着に急いで着替えている私の、心の中に浮かんでくることは、最悪のことしかありません。

――間に合うだろうか、心臓が止まってしまう前に、体中の血液が流れ出してしまう前に、出血がコントロールできるだろうか

――また、術中死？　だとしたら、今年はこれで何人目になるんだっけ

――嫌だぜ、目の前でお母ちゃんに泣かれるなんてのは……

ちらりとのぞいた、手術室の前の家族待機室の様子が頭をかすめます。

――そういやあ、家族らしき人は誰もいなかったよな、きっとまだ、身元がわかってねえんだろう

――霊安室での涙のご対面てえのだけは勘弁してもらわないと……

無影燈が煌々《こうこう》と照らし出す下で、手術はすでに始まっています。

「どうだ、具合は」

「ええ、なんとか間に合ってくれればいいんですが……」

「血圧は？」

「かろうじて脈は触れています」

「瞳孔は？」

「それが……開いてるんですよ」

「わかった、開頭の方を急いでくれ、腹の出血は何とかするから」

突然、麻酔をかけていた医者が大声を出します。

「止まった、先生、心臓マッサージ！」

——やっぱり、ダメか……


『救命救急センター』とは、これまた大それた名前を頂戴してしまったものです。

何故ですかって？

救命救急センターは、その名の通り、命にかかわる突然の病気や、大ケガの人たち、例えば心筋梗塞《こうそく》やクモ膜下出血、交通事故や転落、爆発事故の犠牲者などの、突発不測の患者に備えています。

かつて、こうした救急医療体制が不備であったために、何人もの患者が無駄に命を落としてしまった時代がありました。救命救急センターの登場が、福音をもたらしたことは間違いないことなのです。

そんな救命救急センターではあっても、しかし、そこに収容された患者の死亡率は三割をはるかに超えているのです。もちろん、重症患者を多く扱うところなのですから、それは宿命的なことかもしれません。

しかし、ご存知でしょうか。救命救急センターに実際に担ぎ込まれてくる患者の中で最も多いのは、実は、C・P・A・O・A・(Cardio Pulmonary Arrest on Arrival 着院時心肺停止患者）とよばれる、三途《さんず》の川のほとんど向こう岸についてしまっているような人たちなのです。

このような人たちは、たとえ命を取り留めたとしても、しかしそれは一時的なもので、大半はやはり向こう岸の人になってしまいます。

救命なんぞというのは看板だけ、その名に反して、ひょっとするとこの救命センターというところは、あの世に旅立っていく前に、ほんの少しの間だけ立ち寄っていく、渡し場のようなところなのかもしれません。

いえ、お亡くなりになってくれるのであればまだ救われましょう。

救命という看板に違《たが》わぬよう、あらゆる手段を駆使して、それでもなお命を落とすのであれば納得がいくのかもしれません。

しかしそうしたことの結果として、かつては思いもつかなかったような新たな不幸が、この救命救急センターで、しかも我々の手で生み出されてしまっていることも事実なのです。

『脳死』しかり、『植物人間』しかり、『院内感染』もまたしかり。

ひょっとすると『最新医学』は、愛する者に先立たれる、ということよりももっとつらい大きな悲しみを、患者をとりまく家族の方々にもたらしてしまっているのかもしれません。医者が、人の苦しみや悲しみを少しでも取り除くということをその本分とするのであるのなら、この私はいったい何をしているのやら、自分で自分が分からなくなってしまう時があります。

おっと、いまこの手紙を読んでらっしゃる方たちの中には、そう、あなたのように将来は救命救急センターで働きたいと思ってらっしゃる医者や看護婦、救急救命士の卵もいるかもしれません。

だとすれば、あまり暗いことばかりを話していてはいけませんね。

救命救急センターがあったればこそ、瀕死《ひんし》のケガや急病から見事に生還し、無事に社会に復帰できた、という人は数多くいらっしゃるんですよ、そう、それこそいつか見たドキュメンタリーのように。

でも、ごめんなさい、うまく退院できた人たちのことは、残念ながら、私の心の中にはあまり残ってないような気もします。

さて、救命救急センター暮らしがずいぶん長くなってしまった私です。

そんな私の心の中に深く残っている方たちの話、それをこの手紙で、あなたに少しなりともお伝えできればと考えております。

ひょっとすると患者として、あるいは患者のご家族として、否も応もなく救命救急センターへ将来足を踏みいれなければならない、そんなあなたもいらっしゃるでしょうから。

いえ、本当を言うと、自分が、実は、間違いなく医者なんだ、ということを確認したいだけなのかもしれません。

もしかすると、そんな身勝手なことにあなたをつき合わせてしまう、とても我がままな手紙になってしまうのかも……

雨は、まだ降り続いているようです。でも、止まなかった雨はないはずです。

雨上がりの、さわやかな朝を期待しながら……

エンゼルセット

　メリケンパークの仮設ヘリポートから舞い上がったとき、神戸には小雪がちらついていました。ヘリコプターの小窓から見える六甲の山なみは、灰色の雲を背景に寒々と沈みこんでいました。

　未曾有《みぞう》の大災害となった阪神・淡路大震災に対する救護班として、東京都から命ぜられた一週間の派遣任務を終え、東京に帰るべく機上の人となり、さまざまな想いを巡らせていました。

　我々が神戸に入った時、既に地震から一週間が経っていました。

　与えられた任務は、地震で住居を失い、避難所に逃げてこられた方々への巡回診療でした。医師一人と看護婦三人で一チームを組み、必要な器材や薬剤をバッグに詰め避難所を巡回して行きます。

地震で負傷した方々は、既に病院に収容されておりました。巡回診療班の仕事としては、急激に生活環境が変化したことからくる風邪や、下痢、便秘といったことへの投薬、避難されている人たち、特に高齢者の方々の健康状態のチェック、あるいは地震以前からの慢性疾患のケアということが主なものでした。

「さあ、おばあちゃん、こっちの椅子に座ってくれるか、で、どんな具合?」

「いいや、たいしたことあらへん、ちょっと風邪気味やさかい、お薬もろとことおもて」

「そうか、ほな、胸の音だけ聞かしてもろとこか」

「はいよ」

「そやけど、ここやとちょっと恥ずかしいな、隣の人からまるみえやもんな」

「こんな時に、なに恥ずかしいことがありますかいな」

「そうか、ほしたら、ちょっと勘弁してもらおか」

避難所の片隅に急造した診察室での会話が続きます。

「よっしゃ、風邪は大したことあらへん、うがい薬だけ出しとくさかい、みんなで使《つこ》てよ」

「すんませんな」

「で、おばあちゃん、家はどないなったん?」

「あかんわ、つぶれてしもた、ぺっちゃんこや」

「…………」

「そやけど、ほんま、命があってよかったわ、となりの家《うち》は全滅や、全部下敷きで死んでしもた」

こんな、ドキリとさせられる会話が、何の不思議もなくかわされる、そんな状況でした。

兵庫県で生まれ育ち、高校生の頃には、三宮《さんのみや》をうろついていた私にしてみれば、神戸の街には、やはり特別な想いがありました。

そんな神戸が、あろうことか地震によって壊滅するとは……

関西の人間にとって地震というのは、やはり「まさか！」の一語につきます。

五千人を超える死者が出たこと、まさしくこれは、この「まさか！」による、と言っても過言ではありますまい。

さて、前置きが長くなってしまったようです。

救命センター、そこには「まさか！」という想いがひしめいています。

しかし、それは担ぎ込まれてくる患者やその家族にとっての話、救命センター暮らしの長い私や、スタッフにとっては、珍しくもなんともない日常の風景なのです。

今日は、そんなお話を一つ……

やっぱり今夜も雨模様だ。

病棟の北のはずれにある霊安室に続く渡り廊下は、安普請《やすぶしん》なのか、あちこちで雨漏りがする。しかし出入りの葬儀屋は慣れたものだ。白いシーツの上に、先ほどから降り始めた雨の滴がかからないように巧みに、しかも足早に、ストレッチャーを操っていく。

「先生、先生たちは本当に、よくまあ気が変にならないものですね」

「何が？」

「だって、先生、今日はこれでもう三件目ですよ。私、センターに来る前には、皮膚科の病棟に三年いましたけど、その間に、エンゼルセットを開いたことはただの一度もありませんでしたからね」

霊安室に遺体を送り届け、線香をあげた帰り、救命救急センターに配属されてまだ半年足らずの若い看護婦が声をかけてくる。

看護婦の重要な仕事の一つに、死後の処置と呼ばれるものがある。これは、遺体に死化粧を施したり、鼻腔や口腔、直腸から内容物が漏れ出てこないように綿を詰めたりすることをいうのだが、エンゼルセットというのは、そのために必要な道具一式が収められたトレイのことである。その中には、脱脂綿やガーゼ、包帯は言うに及ばず、櫛や髪留め、口紅、頬紅、眉墨までそろっている。

誰がつけたか知らないが、エンゼルセットとは、なかなかうまいネーミングである。

「毎日毎日、人が死んでゆくじゃないですか、この救命センターってところは」

「そりゃそうさ、ここは救命救急センターなんだもの」

「そんなあ、だったら看板に偽りありですよ」

「どうして？」

「だって葬儀屋じゃないんですよ、救命センターなんですからね、ここは」

病院というところには、堂々とした表玄関とは別に、何もない、それこそ鉄格子の門扉だけといった具合の殺風景な出入り口が霊安室に接して必ず存在する。できるだけ人目につかないように出入りする、いや正確に言えば、出ていく一方の裏玄関である。

病院で迎える死というものが、例えば、癌末期の患者の場合のように、予期され、それなりに納得されているものだからであろうか、この裏玄関から出ていく一行は悲しみに満ちてはいても、どこかほっとしたという表情を見せてくれるものである。

それと同じ理由なのだろう、見送る側の我々にも、満足にも似た一種の充実感と呼ぶべきような気持ちが存在する。

そして最後の挨拶《あいさつ》が、その裏玄関で、遺族と主治医との間で交わされる。

多くを語る必要はない。それまでにかかわり合ってきた時間が長ければ長いほど、あるいはたとえ短くともそのかかわり合いの密度が濃いものであればあるほど、言葉は少なくて済む。

「本当に長い間、お世話になりました」

「どうぞ、お気を落とさぬように」

これだけで充分であろう、それぞれに万感の想いが込められている。別れの場面は、それこそ一幅の洒落《しやれ》た絵になる。

だが、救命救急センターに担ぎ込まれてきた患者の場合は、話が違ってくる。

朝、ふだんと変わりなく元気に学校へ出かけていったあの子だ。

いつもなら、もうとっくに家に帰ってくる時刻なのに、今日はまだ戻ってこない、またどこかで道草でもしているんだろう、雨が落ちてきそうな雲行きなんだから、早いとこ帰ってくればいいのに、ほんとにしょうがない子だねえ。

そういえば、さっきから救急車のサイレンも聞こえてくるし、何だか、家の前が騒々しい。

もしや、いや、まさかそんな、あの子に限って通いなれた路で交通事故にあうなんて……

「奥さん！　奥さん！　大変よ、お宅の健ちゃんが！」

「え？　健が？　ま、まさか、そんなばかな……」

予期せぬ出来事である。

頭の中は真っ白になり、一体誰に救急車まで連れてこられたのか思い出せない。

こんな生気のない、土気色の顔をしたうつろな目の子供がうちの健であるはずがないではないか……

そんなことを思いながら、いつ降りだしたのか、雨で濡れそぼったわが子の手をしっかりと握りしめる。そのかたわらでは、額《ひたい》から汗をしたたらせた救命士が、全身の力を込めて心臓マッサージと人工呼吸を続けている。

どれぐらいの時間が経過したのか、着いた所は、悪名高き、我が救命救急センターである。

「さあ、お母ちゃんは邪魔だ、どいて！」

医者から容赦のない怒声が浴びせられる。

「何年生だい、この子は？」

「三年生になったばかりらしいですよ」

「しかし、よくすぐに母親に連絡がついたね」

「いえ、先生、自宅まであと三〇メートルってところでの事故なんですよ」

「あらま、で、どんな事故？」

「雨が降り出して、家に帰るのを急いでいたんですかね、路地から飛び出したところを乗用車にはねられたらしいんですよ、目撃者の話だと、一〇メートルは吹っ飛ばされたみたいです」

救急隊から事故の模様を聴取しながら、患者にはさまざまな処置が施されていく。

「服を全部切って！　体表に傷は？」

「ありません、鼻出血だけです」

「瞳孔は？」

「開いてます、対光反射なし」

「心電図は?」

「フラット!」

「呼吸音は?」

「左右とも、良好です」

「おしっこは?」

「血尿なし!」

「骨盤は?」

「不安定性なし!」

「手足をチェックしてくれ」

「四肢の骨折はなさそうです」

「頭は?　割れてるのか?」

「いえ、大丈夫です」

「……じゃ、なんで、心臓が止まってんだよ!?」

患者を取り囲んでいる大勢の医者の頭の中に、いやな予感がよぎる。

「レントゲンを呼んでくれ!」

「さ、お母さん、こっちにきて、お子さんのお名前は?」

「け、健、健です！」

「生年月日は？」

「ええと、ええと、昭和、昭和……ええと……」

「落ちついて下さい、お母さん！」

「だから、だから、いつもいつも言っていたのに、道路は飛び出しちゃダメだって、あれほど口を酸っぱくして言っていたのに！」

「お母さん、お母さん、私の声が聞こえますか？」

「えっ？　あ、か、看護婦さん！　健は、健はどうなんですか？」

「いま先生方が治療してます」

「だ、大丈夫なんでしょうか、大丈夫なんですよね！」

「先生たち、今がんばってらっしゃいますから、もう少しここで待ちましょう」

何とか母親を落ちつかせようと、看護婦も懸命である。

「わーっ！　ど、どうしよう、ね、ね、看護婦さん、だ、大丈夫ですよね」

「とにかく落ちついて、お母さん！　ご主人には連絡をおとりになりましたか？」

「パパ？　パパは、ど、どうしたっけ」

「会社じゃないんですか？」

「そ、そう、か、会社です」

「電話番号は？」

「でも、ど、どうしよう、わ、私、叱られちゃう!」

薄い扉を隔てて、母親と看護婦とのやりとりが処置室の中にまで聞こえてくる。泣きわめき、叫び続けるその背中をさすりながら、看護婦が話し続ける。さ、とにかく、お母さん、落ちつきましょう、と。

だが、そんな半狂乱の母親をなだめられる人間など、どこにもいるはずがない。

「どうですか?」

「やっぱり思ったとおりだ、レントゲンを見てごらん」

シャーカステンには、いま撮ったばかりのレントゲン写真がかけられている。

頭部を側面から撮ったものである。まだ乳歯のままなんだろう、もうすぐはえかわるべき永久歯がその下にちゃんと写っている。幼い子供の顔面を撮ったときに真っ先に目につくことである。しかしそうした顔面骨には異常が認められない。頭蓋骨? いや、これもしっかりとしている。陥没をしたところもなければ、骨折線も見られない。では、どこに問題があるのか。

頭蓋骨の最も下部にある後頭骨に続いて首の骨、頸椎《けいつい》がある。それは通常七つの骨からなる。上から順に第一頸椎である環椎、第二頸椎である軸椎、以下第三から第七頸椎まであり、それらはちょうど連凧《れんだこ》のようになめらかに連続しているはずである。しかし……

「ほら、軸椎と第三頸椎との間が大きく離れているだろう? しかも第三以下の頸椎が、後ろに大きく変位しているんだよ」

「こりゃダメですね」

治療に反応しないはずだ。診断は『頸椎完全脱臼』である。

おそらく宙に舞って地面に落ちたとき、頭からたたきつけられたのであろう。首の骨をへし折られてしまったのである。おそらく即死状態だ。もはやこの子を助ける術《すべ》はない。

「どうしますか？」

「……うん、勘弁してもらうしかねえだろうな」

奇妙な静けさがあたりを支配する。処置室の中には、心臓マッサージに伴うモニターのピッ、ピッという規則的な電子音と、ストレッチャーのきしむ金属音だけが響く。

「父親は？」

「いえ、まだ」

「こっちに向かってるのかい？」

「ええ、もうすぐ着くはずです」

「……わかった、父親の到着まで待とう」

「輸血と薬剤はどうしましょうか」

「やめよう、何もいらない、人工呼吸と心臓マッサージだけを続けてくれ」

半狂乱の母親一人だけでは、死亡を宣告する訳にはいかない。せめて父親がいなければ……もちろん父親が揃ったところで、最愛のわが子の突然の死が受容し易くなるはずもないのだが。

「ストレッチャーの周りをこぎれいにして」

処置室には、切り刻まれた子供の衣服や血塗《ちまみ》れのガーゼが散乱している。片隅に揃えられた運動靴がやけに小さく見える。

「鼻血は拭きとっといてくれよ、赤いのは見せたかねえからな」

それまでむき出しの胸で行われていた心臓マッサージが一時中断され、白いシーツが首もとまでかけられる。その上から、再び心臓マッサージが始まる。

「おい、健は、健はどうなんだ?」

「……パパ!」

看護婦の案内も待たずに処置室の扉を押し開けてくる。

「お父さんですか」

「おい、健、どうしたんだ、健、え? どうしたんだ、目を開けなさい、パパだ、健、聞こえないのか!」

「お父さん、残念ですが、健君はもう……」

「何言ってんだ! おい、何とかしろよ! え、何でこんなことになるんだよ!」

「首の骨が折れてるんです」

「どうして? え? 首の骨? さ、健、早く目を開けなさい、パパだよ、健!」

「お父さん、ほとんど即死だろうと思います」

「そんな馬鹿な！　おい、おまえがそばについていなかったのか、え？」

「ご、ごめんなさい、ママが、ママがいけないのよね……」

壁の時計を見上げる。

「……十九時十二分」

モニターのスイッチが切られ、人工呼吸と心臓マッサージが終わる。規則正しく刻まれていた音が消え、処置室には、両親の叫び声が響きわたる。

「さあ、健君の体、今からきれいにしますから、お父さんたちはしばらく外で待っていて下さい」

泣きわめいている両親の背中越しに、目配せをする。看護婦が、遺体にむしゃぶりつく母親の肩を抱きかかえ、引きはがすようにして処置室の外へ連れ出していく。

処置室から扉一枚隔てられた待合い室には、ベンチがいくつかならんでいる。父親はその固く冷たいベンチに座りこみ、そして両手を組み、首を深くうなだれる。その喉《のど》の奥からは、声にならない低いうめき声が、とぎれることなく絞りだされてくる。誰にぶつけていいか分からない怒りを必死に抑えつけているのか、それとも涙の流れくるのを一心にこらえているのか、その両肩が小刻みに上下している。

そのかたわらでは、母親が床にしゃがみ込みベンチに突っ伏している。その真っ青な顔は涙に崩れ、唇がわなわなとひくついている。たった今、我が子の死を宣告された親の狼狽《ろうばい》ぶりが、扉越しにも手にとるように伝わってくる。

「いつもながら、やだね、こういうのは」

それまで医者や看護婦がひしめいていたストレッチャーの周りには、すでに誰もいない。死亡を宣告した主治医と、受け持ちの看護婦だけが残っている。

「どれ、じゃ、きれいにしてやってくれよ」

ストレッチャーの脇のワゴンの上に、エンゼルセットが開かれる。ぎこちない慣れぬ手つきで、死後の処置が始まる。

ついさっきまで懸命の救命努力がなされていた患者の体には、幾本もの管が挿入されている。あるものは気管の中に入れられ、あるものは胃袋や膀胱の中へ、そして血圧をモニターし、薬剤を注入するための管が、動脈や静脈に何本も入れられている。

必死の思いで入れたそんな管を、今は、一本一本無造作に引き抜いていく。動脈や静脈の管を抜くと、抜いた跡からじわじわと血液が流れ出る。そうした出血の止まらない傷は針と糸を使って縫合していく。エンゼルセットには、そのために必要な持針器や針も収められているのだ。

「なんだかおかしいな」

「何がですか」

「だって、ついさっきまでは、体の中に入れる管はみんな、滅菌された新品を使ってたんだぜ、それを縫合するための糸や針だってそうだ」

「……？」

「それがさ、死亡宣告したとたんに、エンゼルセットのおでましさ、見てみな、このトレイの中の針や持針器を。錆びたり曲がったり、とても人間の体を縫う道具だとは思えないよな……ま、いいか、どうせ形を整えるだけなんだから」

エンゼルセットに入れられる針や持針器は、手術室で使い古されたものである。切れの悪くなったハサミや、鈍《まる》くなった針が回されてくる。遺体に用いるにはそれで充分なのだ。

何をくだらぬことを言ってんだという顔で、看護婦は返事もしてくれない。医者の戯言《ざれごと》につきあっている暇なんぞはない。

丹念に遺体を拭き清め、綿を詰め、そして髪をとかすのが看護婦の役目である。

「きれいになったよ、健君、さあ、おうちに帰ろうね」

聞こえるはずのない耳元で看護婦がそっとささやく。

出入りの葬儀屋が、いつものように、白いシーツを持って現れる。そして、呼べば今にも目を開けそうな、眠っているとしか思えないほどの美しい幼い顔を、その白いシーツでこっぽりとつつみこむ。

「お線香をあげに行きましょう」

ベンチに泣き崩れている両親を抱えあげ、足早に先を行く白いシーツの後を、雨の滴を避けながら追いかける。

キュルキュルという、油の切れたストレッチャーの車輪の音が、降りしきる雨音の中に鋭く響く。そしてその後を、母親の嗚咽《おえつ》が途切れがちに続いていく。

「もうすぐ、事故を担当している警察がきます、後はその警察の指示に従って下さい、それまではここで待っていて下さい、いいですね」

線香をくゆらした後、見知った葬儀屋に後を頼み、霊安室から早々に引き上げる。

「先生、ちょっとそっけなさすぎやしないですか、あの親たちに対して」

「ん？　じゃ、どうすればいいんだい」

「例えば……そうですね、ケガの具合だとか、レントゲンの所見だとか詳しく説明してあげれば……」

「そんなこと話したって何の役にたつもんか、それにあの親は聞いちゃいないよ、おそらく俺たちの姿だって目にはいってないぜ」

「……だったら、せめて、お気を落とさないように、とか……」

「おいおい、そんな言葉、いったいどんな意味があるんだい、あの親たちに？」

予期された死ではないんだ、納得できる死なんかじゃないんだ。高齢者や癌末期に、訪れるべくしてやってきた死なのではない。

まったく理不尽な、最愛のわが子の突然の死であるのだ、いや、まだ死んだということすら、彼らには信じられないことなのである。

そんな人間に対して、いったいどんな言葉があるというのか。言葉なんぞ、そんな時、何の役にも立ちゃしない。多くを語る必要がないということではない。何も語れないのだ。何を語っても、詮無《せんな》いことにしかならないのである。

「だからそっけなくていいんだよ、いや、むしろそっけないのがいいんだよ」

「…………」

「俺たちゃこんなとき、そうさなあ、エンゼルセットみたいなもんさ」

「……？」

「死亡宣告されたら役割が変わる、それまで必死に努力してきた医者や看護婦としてではなくて、そう、ただそっけなく、形を整えるためだけの、錆びて曲がった針のようにね、そこにいればいいのさ」

「よくそれで、先生は、気が変にならないですね」

「……うん、だって俺は救命救急センターの医者なんだぜ」

雨はまだ降り続いているようだ。さてさて、今夜は、あと幾つエンゼルセットを開くことになるのだろうか……

神戸から東京への帰路、今度は東京が、という想いが頭から離れませんでした。

しかし、元の生活に戻ると、そんな気遣いは日常の繰り返しの中でいつしか薄れていきます。我々もまた、いつの日か「まさか！」という事態に陥ることになってしまうのでしょうか。

そう、この親たちのように……

告 知

朝から雨が降り続いています。

梅雨の走りでしょうか、雨雲が途切れなく空を覆っています。空調が完備され、湿気とは無縁のはずの救命センターの集中治療室の中にも、実はその梅雨空に似た鬱陶《うっとう》しさの漂うことがあります。

え？ 重症患者ばかりを扱っているところなんだから無理もないだろうって、ま、確かにそうかもしれません。昨日までは何とか意識を保っていた患者さんが、今日はもう霊安室に運ばれていってしまう、そんなことが日常茶飯事の病棟なんですから、ジメジメと陰気になってしまうのが当たり前なのでしょう。でも、馴れとは恐ろしいもので、いつしかそんなことには、何の湿気も感じなくなってしまうもののようです。

人が死ぬことよりももっと気の滅入ること、実はそれは、『告知』ということかもしれません。

今流行《はやり》の、あの癌の『告知』か、ですって？

患者自身に、癌という本当の病名を伝えることが是なのか非なのか、余命何ケ月ということを明らかにすることが正しいことなのか否か、癌の『告知』の問題は、最近、とみに話題になっているようです。

でもここで言ってる『告知』は、癌のそれではありません。

私のいるところは救命救急センターですから、悪性疾患の患者さんは、皆無というわけではありませんが、ほとんどお目にかかることがありません。そういう意味では、先ほど申し上げたようなマスコミを賑わしている侃々諤々《かんかんがくがく》の告知問題は、あまり出てこないようです。

そんな、絵になるような『告知』の話ではないのです。救命センターには、もっと鬱陶しい告知劇が繰りひろげられているのです。

例えばこんなふうな……

窓に水滴が幾条《いくすじ》も流れ落ちている。激しい雨がたたきつけているようだ。ブラインドを一杯に開けても、部屋の中は薄暗い。外界とは隔絶されているはずの救命センターの医局の壁も、冷《ひん》やりと湿っている。

こんな天気の日には、ロクなことなんぞありゃしないと相場が決まっている。

「先生、ご面会の方です」

「誰？」

「お世話になった石川さんだとおっしゃってますが」

「石川、石川……と、誰かな、男性かい、それとも」

「いえ、女性の方です」

「覚えがねえな、まあいいや、今ちょっと手が離せないんで、応接室の方で待っててもらってよ」

「わかりました」

医局の扉越しに声をかけてきた病棟秘書が、くるりと踵《きびす》を返していく。

「あ、先生、いいですよ、私なら待ってますから、先にその方の話を……」

「そうかい、じゃ、おまえさんにはちょっと待っててもらおうか」

「わかりました」

「だけど、今のその話、いったい何が問題なのか、わかってんのかい？」

「………」

「ま、しばらくそれを考えててよ」

思案顔の若い研修医との話は一時中断である。溜息混じりに丸まっている背中を横目でみながら、医局を後にする。

応接室のソファには、端正にスーツを着こんだ四十がらみのご婦人が腰をおろしていた。

しかし残念ながら、まったく見覚えがない。

「えっと、どちらの石川さんでしたっけ」

「先々週の土曜の朝、救急車でこちらにお世話になった石川でございます」

「……はあ」

「葬儀も終わり、やっと落ち着いたものですから、今日ご挨拶に……」

「こんな土砂降りの日にわざわざ、それは……ええと、交通事故でしたっけ？」

話からすると、どうやら運ばれてきてすぐに死亡確認された患者のようであるが、やはり石川という名前には覚えがない。医者なんて薄情なものである。

「いいえ、ステーションホテルで倒れてまして……死亡診断書には、確か、心筋梗塞の疑いによる急性心不全というふうに……」

「ああ、あの方、そうそう、石川さんとおっしゃいましたね」

「その石川の家内でございます、その節はたいへんお世話になりまして……」

いやな予感が頭をよぎる。ややっこしい話にならなければいいんだが……

梅雨の中休みか、からりと晴れた週末の金曜日、いつものように当直医たちが医局でくつろいでいる。

「こんな日は当直なんかやってないで、どこかのビヤホールでぐっと一杯やりたいですよね」

「まあそういうなよ、花金の当直もなかなか乙なもんだぜ」

なんぞと軽口をたたいていたものだから案の定、夜中にたたき起こされることになってしまった。

「先生、患者がきます」

「何だい、ものは」

「ホテルで倒れたってことらしいです」

「歳は？」

「五十代の男性です」

「バイタルは」

「心肺停止状態です」

「やれやれ、働き盛りの過労死ってやつかい？　ま、クモ膜下出血か、心筋梗塞ってとこだろうな」

処置室で救急車の到着を待つ寝ぼけた顔には、窓から流れ込んでくる湿気を含んだ真夜中の風は、少々けだるすぎる。どうやら明朝からは、また雨になりそうな気配だ。

しばらくしてやってきた救急車から、いつものように救命士たちによって人工呼吸と心臓マッサージを施されながら、患者がおろされた。

「先生、お世話になります」

救急隊の話によれば、ホテルの部屋についた時には、患者はベッドの上ですでに心肺停止状態ということであった。

「その時奥さんは、心臓マッサージとかやってたかい？」

「いえ、通報者は、ベッドの横に立ってただけです」

「通報者？　ということは、奥さんじゃねえのか？」

「……のようです」

なかなか事情を話そうとしない彼女から救急隊が聞きだしたところによれば、患者とは愛人関係にあり、飲んだ帰りにホテルに行こうという話になったらしい。そして事に及んでいる最中に突然うめき声をあげて意識を失くしてしまったということであった。

さすが救急隊もプロである。現場の状況を即座に判断し、問いただしていったようだ。

「いわゆるひとつの腹上死ってやつか、そうすると」

「のようですね」

処置室の外には、救急車に同乗してきた三十代半ばの女性が、うわの空でベンチに座っている。膝の上の小さなバッグが、落ち着きなくもてあそばれている。

それに応えるかのように、シャワーでも浴びた後なのだろう、まだ乾ききってはいない湿った髪が、そのか細い肩の上で踊っている。

「な、言ったとおり、花金には艶っぽい話があるだろう？」

ストレッチャーには血の気の失せた患者が横たわり、むき出しの胸に心臓マッサージが続けられている。

「どうしましょうか、先生」

「どうしましょうったって、心臓がウンともスンとも動かねえんだから、しょうがねえじゃねえか、死亡確認するしかないだろう」

モニターに映し出された心電図は、一本線のままである。強心剤も、電気ショックも全く効果がない。

「もう少し粘りましょうよ、先生、まだ患者は若いようですし」

「無駄だな、こりゃ、心肺停止してからかなり時間が経ってるよ」

「え？　どうしてですか」

心肺停止患者にとって最も重要なのは、心肺停止してから心肺蘇生術が開始されるまでの時間である。理想を言えば、間髪を容れない蘇生術の開始であるが、現実にはなかなか難しい。倒れた時そばにいた人間がすぐに蘇生術を開始していなければ、その後どんな濃厚な治療を施そうとも、その回復は絶望的である。

「連れの女を見てみな、ちゃんと洋服を着こんでるだろ」

「ええ」

「それに、この患者だってちゃんと下着をつけてたじゃねえか、もし彼女の言ったことが本当なら、患者が意識を失くした時は、二人ともすっ裸のはずだぜ」

「言われてみれば確かにそうですね」

「こういう時は、まず自分の身づくろいをして、相手に下着を穿かせる、それからシーツの乱れをなおし、ベッドの周りをこぎれいにする、部屋をぐるりと見回し最後に自分の乱れた髪を整える、それからやっと一一九番だ」

「なるほど、鋭いですね、先生」

この仕事を長くやってりゃ、こんな時に女のやりそうなことなど、手にとるように分かってしまう。しかし、若い研修医に感心なんぞされたって嬉しくもなんともない。

「彼女を呼んでくれ、家族ではないから本当はまずいんだが……しょうがないだろう」

「お気の毒ですが……」

呼び入れられたその女性は、遺体のそばに立ちすくみ、男の名前を呼び続ける。看護婦が遺体を清めるからと促しても、その場を立ち去ろうとはしない。それどころか、いよいよ男の顔にむしゃぶりついていく。

「ねえ、ねえ、目を開けてよ、嘘でしょ、ねえったら、嘘だと言ってよぉ、ねえ、これからあたし、どうしたらいいのよ、ねえ、ねえ……」

上気し真っ赤になった女の顔と、土気色の患者の顔が、奇妙なコントラストを描いている。しかしこんな愁嘆場は、テレビの中だけにしておいてほしいもの、しかももう少し気のきいたトレンディー俳優たちの配役で、なんぞと思ってると、突然彼女がすっくと立ち上がった。

「私、帰ります」

本妻が病院に到着する前に立ち去りたいという思いが分からぬでもない。しかしこんな時、簡単に帰す訳にはいかない。

「この人の奥さんは、あんたのこと、知ってるのかい？」

「……いえ、知らないはずです、だから私、顔なんか合わせられないんです」

「そうは言ってもね、あんた……」

こんな死に様は変死扱いとなり、警察の検視を受けなければならないことになっている。

「ともかく所轄の警察がくるまでは、ちゃんといてよ」


「こんな時はやっぱり、警察は家族に本当のことを告げるんでしょうね、先生」

若い医者は興味津々といった顔で尋ねる。

「何回か同じようなことがあったけど、そうとばかりは限らないようだよ、相手の女が首を絞めたなんていうことさえなきゃ、犯罪ではないからね、警察も立ち入らないみたいだぜ」

「へえ、そういうもんですか」

「そりゃそうだろう、警察だって巻き込まれたくないさ、痴話喧嘩なんぞに」

「死亡宣告した医者としてもですか」

「ま、その方が無難だね」

「そりゃまた罪作りな死に方ですよね」

「そうかい？　男としては最高の死に方だっていうぜ、昔から」

やっぱり医者なんて薄情なものである。愛人としけこんだホテルで腹上死してしまった、そんな幸せな男のことなんぞ、羨《うらや》むことはあっても、その人生に深く想いをいたすなどということはない。俺だったらそんな無様なことはやらねえな、なんぞと、寝入りばなに起こされてしまった当直医たちの、せいぜいが腹立ち紛れの話のネタにされるのが落ちである。そんな了見だから、忘れたころに災難がやってくる。


「実は、今日おうかがいしましたのは、主人がこちらに運ばれたときの状況を、すこし詳しく知りたいと思いまして……」

「はあ、と言いますと……」

「その時、どなたか……ついてこられた方がおりましたでしょうか」

「え？　ええと、さ、さあてどうでしたっけねえ……何分にもご主人にかかりっきりだったものですから、倒れた時の状況など、実は我々にもよく分からないんですよ」

怪訝《けげん》そうな面持ちで言葉が続く。

「……あのう、誰か女性が、緒ではなかったでしょうか」

「女性ですか、はて、あまり記憶にはありませんが……」

「先生、本当のことをおっしゃっていただけませんでしょうか」

「ほ、本当のことと言われましても、ですね、その、何分にも、ですね……」

　問い詰めるような妻の視線に、首すじに冷や汗が流れ、思わず舌がもつれそうになってしまう。

「むしろそういうことは、警察の方が、ですね……」

「それが……警察の方でも要領を得ないものですから先生に……」

「さあて、それは困りましたね」

　知らぬ、存ぜぬと、どこぞの政治家よろしくシラを切り通すことで、何とかその場を取り繕う。ついに根負けしたその婦人は、落胆と猜疑《さいぎ》の表情を残しながらも、お忙しいところどうもありがとうございましたと礼を述べて帰っていった。


「それじゃあ先生は、奥さんに本当のことは、お話しなさらなかったのですか？」

　待たせたことの詫びついでに、ほっと胸をなで下ろしながら、今の腹上死の顚末《てんまつ》をひとしきり話し終えると、待ちあぐねていた研修医が、まるで責めるように問いかけてくる。

「そりゃそうさ、第一、石川某という男とは初対面だよ、おまけに、相手の女のことだって、どこの誰かも俺たちゃ知らないんだぜ」

「そんなあ、だって先生が死亡宣告された患者さんですよ」

　若い研修医は引き下がらない。

「そりゃそうだが、病院に担ぎ込まれてきた時は、もうすでに心肺停止状態で意識もありゃしなかったんだ、どんな声でしゃべる男かも俺は知らないよ」

「でも、妻としては、やっぱり夫のことを全部知りたいのではないのでしょうか」

若い研修医は、この妻が、よほど不憫《ふびん》に思えるらしい。

「おいおい、今際《いまわ》の際《きわ》にあんたの夫にむしゃぶりついた女が、実はいたんだよってなことを言えってえのか」

「誰もそんな露骨なことを話せだなんて言ってませんよ、でも、愛人がいたっていう事実は、やはり、奥さんにとって重要なことではないんでしょうか」

「そりゃ、その通りだとは思うよ、でも、俺に言わせりゃ、もっと大事なことがある」

「何ですか、それは」

「そんな痴話喧嘩には、かかわらないってことだよ」

「それは、つまり……妻にしてみれば、知らない方が幸せだって、先生が思われるからですか」

「いいや、そんな利いたふうなことを言ってんじゃない、どうせ、俺たちが言わなくったって、あの奥さん、真実を調べあげるだろうと思うよ」

「でしょ、だったら、今教えてあげても……」

「俺が言ってるのは、こんな場合、たとえ死亡を宣告した人間だとしても、医者としては、死亡を宣告する以外には首をつっこむなっていうことなんだ」

「しかし……」

どうやら、この研修医はまだ納得がいかないらしい。

「ま、夫に裏切られていたかわいそうな女はいいとして、そっちが持ち込んできた問題はどうなった、解決つきそうかい？」

「はあ、それはまだ……」

さっきまで正義の味方づらをしていた研修医は、途端に元気がなくなった。

「その患者が来たのは、いつだったっけな」

「一昨日《おととい》の夜です」

五十代半ばの女性が担ぎ込まれてきたその日も、朝から小雨ながら間断なく雨が降り続いている日であった。

「お世話になります」

「どうしたの？」

「どうも、階段から転落したようなんですがね」

救急隊の話によれば、地下鉄に向かう階段の下で倒れているところを発見されたということであった。

「雨で滑ったのかな」

「少しアルコールの臭いもするようですので……」

「あそう、もしもし、わかりますか」

呼びかけだけで患者は簡単に目を開いてくれた。意識は清明のようである。口調もしっかりしている。

久しぶりの高校の同窓会の帰り、皆と別れて一人地下鉄に乗るために階段を降りようとした時に、ほろ酔い加減だったこともあるのでしょうか、足を踏み外して下まで転げ落ちてしまいました、ご迷惑をおかけします、と患者は申し訳なさそうに目を伏せた。

転んだ時におそらく破れたのであろうストッキングの右膝の穴が、少し場違いのようではあるが、その出で立ちも、どことなく上品なものが感じられる。話しぶりからみても、こんな救命救急センターに担ぎ込まれてくるような状態には、とても思えないのだが……

「どれ、傷はなさそうだし、意識もはっきりしてるじゃないか、どうしてこれが救命センターなの?」

「いえ、先生、四肢が動かないんです、感覚もありません」

「な、なんだって?」

その患者の診断はすぐについた。第四、第五頸椎脱臼骨折《けいつい》だった。つまり首の骨が折れてしまっているのである。しかし、骨が折れているだけであるのならまだいい。問題はその骨の中を走っている脊髄《せきずい》の方なのである。

残念ながら、その患者は、骨だけではなく脊髄までもやられた頸髄損傷《けいずいそんしょう》、いわゆる頸損の状態であった。

脊椎骨、つまり背骨の中には、脳に連なる神経の束すなわち脊髄が走っている。その神経の束は、脳と全身を連絡するものであり、大きくわけて運動を司《つかさど》るものと感覚を司るものとが存在する。運動神経、感覚神経と呼ばれるものである。

脳から出された指令、例えば右足の親指を動かせという命令は大脳から起こり、電気的な刺激となって脊髄の中を下行する、さらにその刺激は、背骨が終わるあたりから脊髄より分かれ出てくる坐骨神経の中を伝わっていく、そして最終的に親指を動かす筋肉に到達し、その筋肉を収縮させ、親指が動くことになるのである。

また体に加えられた刺激、例えば人差し指に針を刺したとき、その刺激は正中神経という名の神経に伝わり、首の付け根の背骨あたりから脊髄の中に入っていく、さらにその刺激は脊髄の中を上行し、最後は大脳に到達する、そしてその刺激が、痛みとして認識されるのである。

つまり、脊髄とは脳と全身とをつなぐ最も重要なケーブルなのだ。

そして第四、第五頸椎という場所は、首から下のほとんどの場所に至るケーブルが通っているところである。その最も重要な場所の頸髄が損傷されたということは、脳と全身をつなぐケーブルが切断されてしまったことを意味する。

「安原さん、左足を曲げてみて」

「…………」

「じゃ、右足は」

「…………」

「それじゃ目を閉じて下さい。今針を刺していますが、どこに刺しているか分かりますか？」

「え？　針を刺しているんですか」

患者は、運動も感覚も、完全に麻痺している状態である。

一口にケガといってもピンからキリまである。打撲、擦過傷、捻挫、脱臼からはじまり、切創、裂創、剝奪創、骨折、内臓破裂、轢断《れきだん》などなど……

腕のいい修理工なら、事故った自動車もそれとわからぬほどに完璧に修理できるのであろうが、残念ながら生身の人間は機械とは違う。もちろん腕の確かな外科医や整形外科医であれば、できるだけ傷を目立たないようにすることもできようし、優秀な形成外科医なら、傷ついた骨や臓器を手術して、それらが正常に働くようにすることも可能であろう。

しかし、どんな些細なケガでも、傷ついてしまった人間の体は、決して元通りになることはない。そしてその最たるものが、脳や脊髄、すなわち中枢神経系と呼ばれる組織の損傷なのである。

爪や髪の毛は切ってもまた生えてくる。しかし人間は、トカゲと違って一度切断された指や足は二度と生えてこない。それと同じように、一度損傷されてしまった脳組織や切断されてしまった脊髄が再生することはなく、また再生させる方法も、現在の医学にはまだ存在していない。

救命救急センターには、種々さまざまな外傷患者が担ぎ込まれてくる。そうした外傷に優劣なんぞあるはずもないのだが、こんなケガだけはしたくないと多くのスタッフが感じてしまうものの一つ、それがこの頸損と呼ばれるものなのである。

「先生、手術ですか?」

「そうだな、脱臼を元に戻して固定するという手術をしなければならないね」

「頸椎の整復と固定のための手術ですね」

「うん」

「その手術がうまくいけば、脊髄の損傷が少しは軽くなるのでしょうか?」

「いいや、ダメだろうな。こういうケガはね、最初の一撃でその運命の大半が決定してしまうものなんだよ」

「それじゃあ……」

「そうね、よっぽどの奇蹟でも起こらない限り、安原さんは……死ぬまでずっと四肢麻痺の状態だね」

患者には頸椎を固定する手術が施され、無事終了した。術中の所見では、脊髄をこっぽりと包み込んでいる硬膜という丈夫な膜が破れ、中の脊髄が露出し、さらにその脊髄は上下に引き延ばされ、一部は引きちぎられたようになっていたのである。

手術前に予想されていたように、患者の手足が動き出すことも、その感覚がもどることも、もはや絶望といわなければならない状況であった。

「かわいそうだが、しょうがねえな」

「やっぱり、どうしようもないんでしょうか」

「そうね、あるとすれば、奇蹟を期待すること、ぐらいかな」

「…………」

「ところで、本人にはもうそのことは告知したんだろうな」

「いえ、それはまだ……」

「何だって、まだ宣告していないのか！」

「は、はあ……」

「手術の時に言ったじゃねえか」

「…………」

「次の日の朝、麻酔が完全に醒めて意識がはっきりしたら、間髪を容れず患者に宣告しろって！」

「……はあ、確かにそうなんですが……」

なんとも歯切れが悪い。

「手術の後で、家族の方にもちゃんと話をしたはずだよ、明日すぐに、本人に宣告しますよって、違ったっけ？」

「いえ、確かに先生のおっしゃる通りなんです、ですが……」

「家族だって了解してたじゃないか」

「ええ」

「だろ？」

「実は、その……この時期に本当のことを本人に話すのがいいのか悪いのか、ずいぶん迷いまして……」

窓の外の梅雨空のように、彼の顔は重苦しい。おそらく、さんざん考えあぐねた末に、思いあまって相談にやってきたということなのであろう。

その話をしばし中断して、「知らぬ、存ぜぬ」と冷や汗をかいてきたのであるが、ほうほうの態《てい》で逃げてきた今は、こっちが攻める番である。

「どうだ、考えがまとまったか？」

「いえ、まだ……」

夫に愛人がいたということとの告知をせまる妻の追及劇に荷担して、一時《いっとき》は元気づいたものの、その研修医は、再びどんよりとした湿気の中に浸り込んでしまったようだ。

「あのう……やっぱり、そのう……本人に四肢麻痺という、本当のことを話さなければいけないんでしょうか」

窓をたたく雨足が一段と強くなってきたようだ。いつもなら耳底について離れない空調の低い唸り音もかき消されてしまっている。

若い研修医は、伏し目がちに言葉を続ける。

「どうせ、いつかは分かることなんですから、なにもことさらに、今言わなくても……」

「おいおい、そりゃさっきおれが言った台詞《せりふ》だぜ」

「……はあ」

「そしたら、おまえさん、そのことは奥さん本人にとって、とっても大事なことなんだから、夫の死亡を宣告した医者として、ぜひ話すべきだって、そう言ったじゃねえか」

「確かにそうです、でも、安原さんの場合は、彼女自身の体に関することなんですから……」

「その通りだよ、体に関することなんだから、安原さん本人にとって、そのことはとっても大事なことなんじゃないか！」

「…………」

「いいか、亭主に愛人がいたとか、裏切られていたとか、そんなことは大したことじゃねえんだ！　その証拠に、見てみろ、あの奥さん、自分の手でちゃあんと調べようとしてるじゃねえか！」

「……？」

「だけどな、いいか、安原さんは、誰かが言ってやんなきゃ分かんねえんだぞ！」

研修医は、そんなことはないだろう、だって手足が動かないことぐらい、自分で分かるはずじゃないか、といった表情で顔をあげた。

「おまえさん、何にも分かっちゃねえなあ」

手術の翌日、朝の回診である。

大広間のような集中治療室には六台のベッドがならんでいる。普段その間の仕切りは薄いカーテンだけであるが、回診の時、そのカーテンは端に引き寄せられ、向こうまですべて見通すことができる。

それぞれのベッドには、重症患者が横たわっている。あるものは人工呼吸器につながれ、あるものは全身にモニターのコードが張り巡らされている。

そのベッドの周りを、かいがいしく看護婦たちが飛び回っている。救命救急センターの、朝のいつもの光景である。

その右から五番目のベッドには、首の周りにガーゼを厚く巻かれた患者が横たわっている。手術のために短く切られてしまったせいだろうか、髪の中に、昨日は気がつかなかった白いものがずいぶんと目立つような気がする。顔が青白い分だけ、ますますその白髪が気になる。

「安原さん、おはようございます、お加減はどうですか?」

「……ええ……だいぶ……落ち着いて……きた……ようです」

手術からあまり時間が経ってないせいだろうか、昨日救急車で運ばれてきたときとは異なり、しゃがれて途切れがちの声である。

「そりゃよかったですね」

「……ありがとう……ございます」

「四番目の首の骨が、やっぱりかなりひどくやられてましてね」

「……はあ」

「でも、手術はうまくいきましたからね、心配ないですよ」

「………」

患者は目を閉じ、全身の感覚を確かめるように、眉をひそめた。

「どれ、安原さん、右手を握ってみて」

もちろん微動だにしない。

「安原さん、じゃあこれは？」

左の二の腕をつねっても、何の反応もない。

「はいはい、いいですよ」

医者どうし目配せしながら、回診は左隣のベッドへ移っていく。

しかし、小声でそっと、会話は続く。

「やっぱりダメみたいだな」

「うん」

脊髄損傷の患者は、看護婦たちの手によって、二時間ほどの間隔をおいて体の向きが変えられる。これは体位交換と呼ばれるもので、体の同一部位に、長時間体重がかからないようにして褥瘡《じょくそう》すなわち床ずれの発生を防ぐための処置である。この体位交換は、四六時中行われる。健康な人間の場合は、たとえ睡眠中といえども無意識のうちに寝相を変えており、一時たりとも同じ姿勢ではあり得ない。つまり勝手に体位交換しているのだ。だがこの体位交換は、頸髄損傷の患者が、生きていく上では、絶対に欠かせない処置なのである。

医者たちが左隣のベッドに移っていった時、患者はちょうど背を向けるように、その体位を左向きにされた。そして薄いカーテンが引かれ、その表情はこちらからは窺えない。

「さて、こちらの患者さんは……」

回診は続いていく。

「おい、その時安原さんは、何を考えていたと思う?」

受傷あるいは手術の直後から、頸髄損傷の患者は、そうだと知らされずともすでに四肢の異常には気がついている。

——どうしてこんなに手足がしびれているんだろう

——手足が動かない? 何で自分がそんなバカなことになるんだ、なるはずがないじゃないか!

——いやいや、今はそうだが、時間が経てばきっと元通りになるに違いない

——その証拠に、医者はなにも言わないで通り過ぎていったではないか

「あのう、患者が、そう思ってるっていうことはいけないことなんでしょうか」

「ん?」

「だって先生、あの奥さんだって、夫に愛人がいたかもしれないっていう不安から、先生のところにやって来たわけでしょう？　安原さんだって、そのうちこちらに尋ねてきますよ、私の手足はどうなるんでしょうかって、それから告知したって遅くないんじゃないですか」

どうやらこの研修医は、患者を極度の不安と猜疑のまっただ中におとしいれたいらしい。

「いえいえ、そうではなくて、だから、他の言い方をしたらって……」

「例えば？」

「例えば……そうですね、四肢麻痺なんだって断定しないで、そうなる可能性が高いと考えられる、とかですね、あるいは……」

「あるいは？」

「あるいは……今の段階ではまだなんとも言えません、もう少し様子を見ましょう、とか……」

「それから？」

「それから、ですね……ご家族の了解があるといっても、ご家族自身、まだ事の重大性を理解してらっしゃらないんじゃないかと思いまして……」

「だから？」

「だから……今は、まだ話さない方がいいんではないかと」

「じゃあ、いつならいいんだい？」

「ま、も少し経ったら……」

「も少しってのは、どれくらい?」

「はあ……」

のらりくらり、らちがあかない。

窓の外の梅雨空のように、何ともはっきりしない話である。

だが、主治医がそうやって逡巡《しゅんじゅん》している間に、患者の心の中は黒い雨雲におおわれてしまう。

――これはきっと夢、そう悪い夢なんだ、そのうち覚めるさ
――鬱陶しい梅雨が明けるころには、元気に退院できるに違いない
――梅雨が明けてもダメ? だったら秋口になれば……

雨雲はますます厚くなり、拭いきれない妄想となっていく。

――私の手足は魔法で動かなくなっているだけ、そのうちきっと誰かがその魔法を解きにきてくれる、それまでの辛抱だ……

「先生、安原さんって、そんな馬鹿な人じゃないですよ」

「そうだよ、とっても頭のいい人なんだ、だからそんな馬鹿な考えに囚われてしまう前に、本当のことを言っておかなければならないんだ」

子供も独立し、ようやくこれから自分たちの人生を楽しむことができる熟年世代の人間を前にして、「おまえの手足は二度と動くことはない」と告げることは、確かに残酷なことで

ある。

四肢麻痺、まさしく何一つ自分ではできなくなってしまうのだ。

食事をとることはもちろん、喉を潤すことさえ自身ではできない。額にかかる髪の毛さえかきあげることができない。体の向きを変えるのも、寝返り一つうつにも人手がいる。下《しも》のことも全くの他人《ひと》任せである。尿は膀胱の中にいれられた管で集められ、大の方は紙オムツをあてられ、それこそ垂れ流しである。

「そうなんですよ、先生、四肢麻痺の患者さんって、ほんと、みじめですよね」

「みじめだって？　おいおい、安原さんのことをそんなふうに思ってるのかい？」

えっ？　そうじゃないんですか、と言わんばかりに研修医は顔をあげた。

「おまえさん、安原さんがいったい、あとどれくらい生きられると思う？」

「……そうですね、普通こういう患者さんの場合、肺炎や褥瘡からの感染が命取りになると言われますから……もってせいぜい半年ぐらい、でしょうか」

「やっぱり、何にも分かってねえな、おまえさんは」

「は？」

「おまえさんがいう通り、あと半年ぐらいの命だってんだったら、そりゃあ期待を持たせてやった方がいいかもしれんがな」

それじゃあ彼女の命は？　半年じゃないとすると一年？　それとも二年？

とんでもない、もし安原さんが九十歳まで生きられる人なんだとしたら、たとえ四肢麻痺であろうとも、きっとその歳まで、あと数十年生きられるはずだ。つまり、寿命を全うすることが可能なのである。

「だったら、先生、なおのこと患者には期待をもたせてあげておいた方がいいんではないでしょうか」

癌患者への告知に関しては数多くの研究がなされている。告知を受けたときの患者の心理状態について、そしてその患者の心の動揺を受けとめるべき家族や主治医のなすべき対応について、などなどさまざまなマニュアルが用意されているのだ。特に末期癌で余命数ヶ月となった患者への対応については、教科書的とでも言うべき共通した認識がある。

「先生、今日は私、なんだか体がとっても軽いんです、ひょっとして、私、癌が治ってしまったんじゃないでしょうか」

自らの希望ですでに癌の告知を受け、自身が余命幾許《いくばく》もないということをよく知っている患者のこの言葉に、どう答えればよいのだろうか。

「何度も申し上げているように、あなたの癌は進行癌なんです、もはや治るってことは有り得ないんですよ、あなただってそのことは充分に承知してらっしゃるじゃないですか！」

確かに主治医のこの言葉は真実である。しかし、たとえ患者自らが望んで受けた告知ではあっても、この医者の言葉はルール違反である。

「ええ、あなたのおっしゃるように、本当に治ったんだとしたら嬉しいですね」

そんなことは奇蹟以外には有り得ないということを、患者もよく分かっているし、医者だってそんな言葉が気休めにすぎないことをよく知っている。しかしだからこそ、この患者と主治医との会話が成立し、そしてそれを繰り返していくことによって、お互いに死期の近いことを納得し受容していくのである。

末期癌患者の死が必然であるが故に、患者には奇蹟を期待するという逃げ道を残しておいてやらなければならないのだ。そしてその患者を見守る主治医や家族に対しても、それは同様なのである。それが、避けられない死を患者に平安に迎えさせるための方便なのである。

「でしょ、だったら脊髄損傷の場合だって同様に考えればいいんではないでしょうか、先生」

「さっき言ったじゃないか、脊髄損傷は末期癌とは違うんだぜ」

四肢麻痺という状態、それは病気ではない。手足が思い通りに動かせない、ただそれだけなのだ。決して、例えば癌のような死病ではないのである。

明けなかった梅雨がないように、末期癌の患者には、間違いなくその死が訪れてくれる。だが、脊髄損傷の患者は……そう簡単には死なない、いや死ねないのである。

一時激しかった雨足が少しおさまったようである。窓の外は、しかし、相変わらず雨が降り続いている。

「梅雨が永遠に明けないなんて……やっぱり、先生、かわいそうですよ」

「かわいそう?」

「ええ、みじめな生活をこの先何年も送らなければならないんですから」

どうやらこの研修医は、四肢麻痺という状態はみじめなものだという観念から抜け出せないらしい。

確かにそれまでなんの不自由もなく動かせていた手足が、なにひとつままならなくなってしまう。しかも、そんな地獄からの、ひょっとすると唯一の逃げ道であるかもしれない自ら命を絶つという選択肢すら、頸髄損傷の患者には与えられていないのだ。

意識が清明な人間にとって、これほどみじめでつらい拷問が他にあるだろうか。命があってよかったではないか、なんぞという慰めは何の役にも立ちゃしない。

「だったら、いつかは魔法が解けてこの手足が動きだすにちがいないって望むことぐらい、それこそ許されてもいいのではないでしょうか」

「安原さんをみじめなままでおいておきたきゃ、それもいいだろうがな」

ご存知だろうか、実は四肢麻痺の状態で社会復帰をはたしている人は無数にいるのである。その中には事業を興している人たちもいる。物を創るという分野においても芸術という世界においても、五体満足な人間を凌駕《りょうが》し、はるかに楽しく有意義な人生を謳歌している人が実際にいるのだ。

彼らは自分のおかれている状態を、みじめだなんて、これっぽっちも思っちゃいない。

え? そんな具合にうまく社会復帰した人たちは、いったいどんなすばらしい魔法にかかっているのかって？

魔法ではない、彼らは妄想を捨てることから始めているのだ。彼らはまず何より自らが置かれている状況を受容することから出発している。

自分の手足は二度と動かない、だとすればその動かせないという状況でいったい自分に何ができるのか、何を生きがいにしていくのか……

こんな肯定的な姿勢は、厳然たる事実をごまかさないで認めることのみから生まれてくる。

「じゃあ先生、どうすれば患者自身にその事実を認めさせていくことができるのですか」

「そうね、主治医が鬼になること、かな」

「お、鬼？」

四肢麻痺という事実を、自分のおかれた現実だとして最初からたやすく受け入れることができる人間なんぞどこにもいやしない。

なんでこんなことになっちまったんだ、いったい自分がどんな悪行をはたらいたっていうのか、なんでこんな目にあわなきゃならねえんだよお……

あの日、高校の同窓会に出席さえしていなかったら、あの時あんなに酒を飲んでさえいなかったら、そしてなにより雨さえ降っていなかったなら……

詮無い繰《く》り言《ごと》が意識の中をかけめぐり、目の前の事実に背を向けさせようとする。だからこそ力ずくで、直面させていかなければならない。泣こうがわめこうがどんなに耳を塞ごうが、彼女自身に彼女の真実を見せ続けなければならないのだ。

「いいか、おまえの手は、おまえの足は二度と動くことはない、どんなに金を積もうと、どんなに呪文を唱えようと、どんなにわめこうと、どんなにあがこうと、おまえの手足は二度と動くことはない、おまえはこれから先、死ぬまでずっとその姿で生き続けなくてはならないんだ、いいな、わかったな！」

まさしく患者にとって、主治医は冷酷な地獄の鬼にならなければならない。

その鬼から逃れようとして、しかし、患者はあの手この手を考える。

「先生、先生は昨日、嘘をつきましたね、私の手足が動かないだなんて、ほら、見て下さいな、右手の親指、ね、動いているでしょ」

親指はピクリともしていない。

「先生、私の手足、動くようになるんでしょうか」

「もう何回もお話ししたはずですよ、二度と動きませんって」

「あれ、そうでしたっけ、はじめてですよ、先生からそんな話をお聞きしたのは……」

惚《ほう》けることで、心のバランスを必死で保とうとすることだってある。そうした切ない心持ちは、我々にも痛いほどに共感できるものである。

それでもしかし、主治医は患者の首根っこを押さえつけて事実を告げ続けていかなければならないのだ。患者の意識を正気《しょうき》に保つためにはそれしか方法がないのである。

「先生、安原さんを見ていると、こちらがつらくなってしまって……そばにいくことも憚《はばか》られるようで……」

「そうだろうな、俺だってそう思うよ」

「でしょ」

「だからと言って、そのために自分の役割を放棄してしまうって訳にはいかないんだぜ」

「はあ……」

「真実の宣告を、先に延ばせば延ばすほど、それこそ、いよいよ話を切り出すのがつらくなっちまう」

「……でも、そんな告知、やっぱりいやですね」

「それは、本音だろうな、どんな医者だって、自分が四肢麻痺になったときのことを考えて、患者がそうするように思わず目をそらしたくなるさ、だけどな、主治医や家族が、患者の心持ちに同情して、その境遇をつらいと思ったりみじめだとしか思えないんだとしたら、それこそ患者は、その心の行き場を失ってしまうぜ」

「……かわいそうですね」

「かわいそう？　自分の持っている可能性を知らずに、妄想と空しい期待の中だけで惚けて生き続けなければならない方がよっぽどかわいそうだと、俺は思うがな」

研修医の顔はまだ沈んでいる。

「……わかりました、なんとか話してみます」

「うん、そうしてくれ」

しぶしぶと研修医はその腰をあげた。そして、自信はないが、ともかくやってみます、と言って医局を後にしていった。

窓の外の雨はどうやら上がったようだ。部屋の中は、再び空調の低い唸り音で満たされている。しかし医局のこの湿気が取れるのは、とても難しそうな気配である。

やれやれ、最近の若い医者は、夫に裏切られていた妻を不憫《ふびん》に想うような、うわべだけの優しさしかないのでしょうか。なあに、本当の優しさってえのは地獄の鬼の方がよく知ってるんだぜって意気がってみたところで、今の若い連中には通用しないのかもしれません。

末期癌の患者に対してなら、その痛みや苦しみを少しでも軽くするための方法はいくらでもあります。

もし医者というものの役割が、患者の苦しみを少しでもやわらげることにあるのだとすれば、末期癌の告知をしてからの方が患者に対しては、医者らしいことができるのかもしれません。きっと若い医者も活躍できる場面が数多くあるはずです。

そういう意味で、末期癌患者への告知の方がよっぽど気が楽だと申し上げたら、お叱りを受けるでしょうか、でもそれが私どもの偽らざる実感でありましょう。

しかし残念ながら、脊髄、特に頸髄の損傷に対して、私どもは医者として何もできないと言ってもいいでしょう。

もし救命救急センターの医者の役割が、傷ついた肉体をもとの通りに治すということだけなのだとするならば、無力感に打ちひしがれて、それこそあの研修医のように鬱陶しい顔をし続けなければならないのかもしれません。

でも、どうにもならない現実を受け入れて、少しでも前向きの生き方をしていくということが、もしも頸髄損傷の患者さんにとって大事なことであるとするならば、まんざら我々だって捨てたものではありません。何故って、頸髄損傷の患者さんに対して、本当の意味で鬼になれるのは、彼らの傍らにいつもいることのできる私どもだけなのですから。

地獄の鬼になること、ひょっとしたらそれが本当の『告知』ということなのではないでしょうか。

さてさて、最近では告知問題に限らず、いろいろな場面で、医者と患者との関係が希薄になってきているような気がしてなりません。

もちろん、そうしたことが患者の自立に負うところ大というのであれば、それはそれで望ましいことなのでしょう。

しかしそれが、本来は医者の側がしっかりと引き受けなければならない責任というものを全うしていないがための結果であるとしたら……

あの研修医の迷いは、臨床医として決して他人事《ひとごと》としてはならないような気がします。

救命救急センターにも、こんな『告知』に関する問題があるというお話でした。

この手紙がお手元に届くころには、安原さんもきっと社会復帰に向けた第一歩を踏み出していることでしょう。

鬱陶しい梅雨も明けて、真夏の、あのまぶしく白い入道雲が、水平線のかなたに大きく育っている光景を心に想い描きながら……

時節柄、どうぞご自愛下さいませ。

それでは、また……

植物人間

暑い暑い夏が、やっと終わりを告げ、ようやく秋らしくなってきました。夜風も涼しくなり、虫の声が窓の外に響きます。

そんなさわやかな季節にも、しかしやっぱり雨が降ります。しとしとと降り続き、朝夕には、むしろ肌寒ささえもたらす初秋の長雨です。

そして、そうした冷たい雨は、人々をもの思いに誘います。我々のようながさつな救命救急センターの医者だって、そう、人並にもの思いにふけることだってあるのです。

えっ？　いったい何を思い悩むことがあるのかですって？

そりゃあいっぱいありますよ。

最近の新聞を見て下さい、新しい医療技術の報道が目白押しです。遺伝子治療しかり、生殖革命しかり、臓器移植もまたしかり……

マスコミでは、同時に、そんな最先端の医学をめぐっての倫理談義がにぎやかです。

もっとも、私どものような下町の救命救急センターは、どこかの研究所や大学病院などとは違います。そんな最先端の、それこそ評価の定まらぬきわどい、あるいは金のかかる治療法を導入することはほとんどありません。

むしろ、これまでに確立されている一般的な水準の医療を、充分に提供していくこと、それが我々第一線の救命救急センターの役割だと思っております。

だったら、そんな所では、なにも頭を悩ませることはないんじゃないかって？

とんでもない、そんな所だからこそ、いろいろ考えこんでしまうのです。

しかも偉い先生方に議論をしていただいている暇はありません。次から次に患者さんが担ぎ込まれてくるのですから。

えっ？　何をそんなに悩んでいるのかって？

それは『救命救急センター』なんぞという、なんとも立派な名前を頂戴してしまっていることにその原因があるのかもしれません。その名の通り、『救命』ということに全力を尽くしてさえいればよいということであるのなら、確かに、何も悩むことはありますまい。

しかし我々にとっての現実は、そんなクリアカットなものではないのです。

今日は、そんな話を一つ……

「先生、消防庁から患者の要請です」

いつものように、明け方のコールが救命救急センターの仮眠室を襲う。

「何だい？」

「中年の男性が、突然激しい頭痛を訴えて倒れたそうです」

「状態は？」

「呼吸、脈ともにないそうですが」

「心肺停止か……既往歴は？」

「特にないようです」

「そうか、この時刻じゃほかに受け入れてくれるところもないだろう、いいよ、受けてくれ」

「わかりました」

夢見心地の研修医たちを、患者だ！　とたたき起こしながら、まだ寝静まっている病院の廊下を救急処置室に向かう。

救急処置室の扉を開けると、外はまだ薄暗い。空気が冷《ひん》やりとし、街灯の光が路面に映っている。いつのまにか雨が降りだしたようだ。秋霖《しゅうりん》というのであろう。

朝夕、めっきり涼しくなってきた。季節の変わり目である。こんな時期には、いわゆる脳血管障害の患者が目立って増えてくる。

――この患者もおそらく朝トイレにおきて、そこで倒れたんだろう、一気に心肺停止にまでなっているから、まず十中八九、クモ膜下出血だな、だとすると……

救急車が到着するまでの短い間に、すっかり目の覚めた若い研修医たちは、看護婦と一緒になって患者受け入れの準備に精を出している。まだ覚めきらぬ寝ぼけ眼《まなこ》でそれを眺めているベテランの医者の頭の中には、いろいろな思いが交錯する。

「おまえさんたち、こんな朝っぱらからずいぶんと元気じゃねえか、俺なんざ、心肺停止って聞いただけで、もうファイトがわかねえや」

「そんなことをおっしゃっているようじゃ、先生ももう、お年だって言われちゃいますよ」

「うるせえ！」

強がってはみたものの、研修医たちの言う通りかもしれない。だが願わくば、『年』を『経験』と言い換えてほしいものである。

心肺停止――普段の生活ではまず耳にしない言葉である。しかし、救命救急センターのような所では、いやというほどお目にかかる病態である。

文字通り心臓の拍動が止まり、肺すなわち呼吸もしていない状態を意味している。当然のことながら、意識もなく昏睡状態である。

しかし……息もしてなけりゃ脈もない、つねってみたってウンでもなけりゃスンでもない、とくれば、そりゃもう死んでるってことではないのか……

確かにひと昔ふた昔前であれば、そんな状態に陥ってしまった人間は、臨終と呼ばれ、死亡とされた。いや、正確に言えば、そんな人間に対しては、何もなす術《すべ》がなかったのである。しかし幸か不幸か、そう、まさしく幸か不幸か、今ではそんな人間に対しても手が出せるようになっている。

えっ？　三途《さんず》の川を越えていってしまったような人間に、いったい何をするのかって？　うまくすると、向こう岸に渡ってしまったそんな人間を再びこちら側に呼び戻すことができるのである。

乱暴な言い方が許されるとすれば、現代では、止まってしまった心臓を動かすことは簡単にできるのだ。アドレナリンを中心とした二、三の薬剤と、除細動器と呼ばれる電気ショックを心臓に与える器具さえあれば、なんとかなるのである。

よくある心臓の手術、例えば心臓の弁を人工のものに取り替える弁置換術のようなものを考えてみよう。

この場合、心臓が動いていては手術にならない。特殊な薬剤を用いて、むりやり心臓の動きを止めることから弁置換術は始まる。拍動の止まった心臓の筋肉を切り開き、まず、使いものにならなくなった病的な弁を切り取る、そして人工の弁を新たに取り付けるのである。最後に切り開いた心臓の筋肉をもと通りに縫い合わせて手術は終わりである。

だがそれでは心臓は止まったままだ。その止まった心臓をもとの通りに動かす方法が、そうした薬剤や電気ショックなのである。

縫い終わって、それまでピクリともしなかった心臓がざわざわとうごめき出し、ついには規則正しい拍動が力強く再開するのを目にするのは、感動的ですらある。そうした方法を、心臓手術の時以外にもやってみるというわけである。

「先生、やっぱクモ膜下出血ですかね」

人工呼吸器の準備をしながら、研修医が声をかけてくる。

突然の心肺停止にはさまざまな原因がある。救命救急センターのようなところで目立つのは、交通事故などによる外傷性の心肺停止（心臓破裂や肺破裂、あるいは頸髄損傷などが多い）、高齢者の誤嚥《ごえん》による窒息のための心肺停止、海や川での溺水による心肺停止などである。

こうしたものは、外因性の心肺停止と呼ばれている。それに対して、疾病による心肺停止の原因としてよくみられるのは、まず心臓病である。狭心症や心筋梗塞が引き金となって、心臓のリズムが乱れて、突然拍動が止まってしまう。いわゆる不整脈である。また、重症の喘息《ぜんそく》発作をおこすと、ちょうど首を絞めたのと同じような状態に陥ってしまい、窒息から心肺停止をおこしてしまったというケースがたびたび見られる。中枢神経系の疾患では脳出血、特に脳動脈瘤《のうどうみゃくりゅう》の破裂を原因とするクモ膜下出血をきたした患者に、心肺停止が非常に多く認められる。

こうした中で、それまで一見健康そうにしていた人たちが突然心肺停止に陥る原因としては、やはりこのクモ膜下出血が最も多いと思われる。

「そうだな、倒れる前に激しい頭痛を訴えていたってことだから、やっぱりその可能性が高いと思うよ」

「なるほど」

「ま、心配するな、原因はともかく、まず止まった心臓が動いてくれんことには始まらんからな」

「そうですね」

「ほら、どうやらお客さんの到着だ」

雨に濡れた救急処置室の窓が、激しく点滅する救急車の赤色燈で、真っ赤に染まっている。

「お世話になります」

「どんな具合だ?」

「ええ、まだ脈が触れません」

「わかった、そのままマッサージを続けてくれ!」

パジャマ姿の中年男性が横たわるストレッチャーが救急車から降ろされ、研修医たちの手で救急処置室に運び込まれて行く。その男の胸におおいかぶさるように救急隊長が心臓マッサージをしている。別の救急隊員は、患者の顔に酸素マスクを押しつけ人工呼吸を行っている。透明なそのマスク越しに見える患者の顔は、すでに死人の如き暗紫色である。

「奥さん! 奥さん! 奥さんはあっちだ、受付をして下さい!」

救急隊員の大声にもかかわらず、患者の妻がストレッチャーにまとわり、すがりつく。その顔は、それこそ死人のように青ざめ、視線は焦点が定まらない。

「よおし、こちらの処置台に移すぞ！」

心臓マッサージと人工呼吸が一時中断され、患者は救急処置室のベッドに担ぎあげられる。そして再び心臓マッサージが始まる。

「電極を貼って！　心電図の評価だ！」

一瞬、救急処置室のすべての人間の目が心電図モニターに吸い寄せられる。

「まだフラットですね」

「マッサージを続けろ！　アドレナリンを用意して！」

患者を、若い研修医と看護婦たちがとり囲む。救急処置室は騒然とした空気に包まれる。心臓マッサージを行う医者の額からは、あっという間に汗が滴り落ちる。

「マッサージ交代！」

渾身《こんしん》の力を必要とする心臓マッサージをやっていると、若い医者でさえ、ものの二、三分で息が上がってしまう。次から次に交代していかなければならない、まさしく人海戦術である。三途《さんず》の川の向こう岸から呼び戻すのは、そりゃあもう、力仕事なのである。

そんな喧噪《けんそう》に背をむけ、ベテランの医者は救急隊長から事情を聞いている。

「ご苦労さん、で、状況は？」

「はい、奥さんの話ですと、横に寝ていたご主人が急に気持ちが悪いといって奥さんを起こしたそうなんですが、それからトイレに行くと言って立ち上がったところ、頭が痛いと言ってそのまま倒れてしまったということです」

「高血圧は？」

「既往としてはないようです」

「救急隊が現場に到着した時の状況はどうだった？」

「はい、患者は布団の上に仰臥位《ぎょうがい》で倒れており、呼吸、脈ともなく、瞳孔《どうこう》も散大、対光反射もありませんでした」

「奥さん、その時、どうしてた？」

「はい、呆然と患者のそばにしゃがみ込んでいました」

慌ただしい研修医たちの動きをよそに、心肺停止の患者を担ぎ込んできた救急隊長からの事情聴取が続く。

「他に家族は？」

「はあ、夫婦二人暮らしのようです」

「そうか、だとすると、そんな状態で、奥さん、よく一一九番へ電話ができたもんだね」

「いえ、それがですね……」

――お、おい、頭が、頭が……

――え？　どうしたんですか、お父さん！　お父さん！

——トイレ、トイレに行くぞ……

——だ、大丈夫なんですか、お父さん！

——いかん、頭が、頭が割れそうだ……

——お父さん、お父さん、しっかりして下さい、お父さん！

——う、う、う……

——……ど、どうしよう、どうしよう、困った、困った、困っちゃったな、どうしよう、そ、そう、まずあの子に、あの子の所に電話して……電話？　電話番号は何、何番だっけ……で、電話帳、電話帳……ど、どこにしまったんだったかしら……

「はあ、指令室の話ですと、どうやら奥さん、まず嫁いだ娘さんの所に電話をかけたようです、どうしたらいいのかって」

「そうか、それでその娘が救急車を要請したってわけだな」

「それがですね、娘さん、母親が訳の分からないことをわめいているってことで、どういうのか、まず警察に連絡しちゃったらしいんですよ」

「え？　なんだって？」

「それでですね、最寄りの交番から警察官が駆けつけて、患者が倒れているのを発見したってことらしいんです」

「とすると、救急車を要請したのは……」

「ええ、その警察官です」

「なるほど」

救急車で患者が運ばれてきた時、どんな家族も、具合が悪くなってすぐに救急車を呼んだんだと、決まって口にする。しかし実際の場合、五分、十分経ってからというのがざらであり、なかには、何を思うのか、あちこちの親戚に手あたり次第に電話をし、救急車は呼んだのかと指摘されてはじめて一一九番に通報する家族もいる。

そんな時、下手をすれば、患者が倒れてから救急車が到着するまでに、小一時間も経過してしまっているなどということは、稀《まれ》ならず経験されることである。

しかし、それほどまでに動転してしまっている家族を、誰も責めることはできないだろう。それが人間の常というものであるのだから。

「やれやれ、無理もねえか」

高齢者や病気がちの家族を抱えているのであれば、普段からそれなりの心づもりというものがあろうが、大半の人にとって救急車を呼ぶなんぞということは、所詮他人事《ひとごと》なのである。

「とすると、救急隊の処置が始まるまでには、相当時間が経ってるってことになるのかな」

「……のようですね」

救急隊長も、半ば申し訳なさそうに顔を曇らせる。

「そうか、じゃあ、あんまり無理しない方がよさそうだね」

救急処置室の窓の外が、ほんのりと明るくなってきた。諦め顔の医者は、壁にかかった時計を見上げた。

「さあて、そろそろ潮時かな」

確かに、止まってしまった心臓を再び動かすことがさほどの困難もなくできる時代である。しかしそれとて条件がある。原則として、心臓が再び脈を打ちはじめるのは、心停止、呼吸停止をしてから、短時間のうちに（それはおそらく「分」のオーダーである）、心肺蘇生術すなわち人工呼吸や心臓マッサージを施された場合に限られる。

しかし、それでは逆に、心肺停止をした後、直ちに心肺蘇生術を開始したとすればすべてのケースで再び鼓動を再開させることが可能なのであろうか。残念ながら、それは『否』といわなければならない。

何故だろうか？　忘れてならないことは、それまで動いていた心臓を止めてしまった原因が、その患者にはあるということなのだ。

つまり、その原因を取り除かない限り、心拍を再開させることは非常に難しいのである。しかし、心肺停止している状態で、その原因がなんであるのかを特定し、さらにそれを取り除くことは、至難の業である。運よく心拍が再開すれば、心拍が再開したというその事実と、前後の所見や諸検査の結果から、ようやく心肺停止の原因を推定し、それが治療できるものであればそうするということなのである。

その原因如何《いかん》によっては、だから、たとえ間髪を容れずに心肺蘇生術を実施したからといっても、心拍の再開しないケースがでてくるのは当然である。まして、心肺蘇生術の開始までにかなりの時間を要していると判断できる場合であるとすれば……

「残念だけど、この患者さん、かなり時間をロスしているみたいだね、勘弁してもらうしかねえだろう」

どれ、もうここらへんで終わりにしようや、と声をかけようとしたその時である。

「よおし、心臓が動き出したぞ！」

「心臓マッサージはもういい！」

「強心剤の点滴だ！」

若い研修医たちの嬉々とした声が救急処置室に響く。

なんだって！　心拍が再開したって？　あいたたた、『待った』をかけるのが一瞬遅かったか……

窓の外はすっかり明るくなった。しかしまだ、冷たい雨が、しとしとと降り続いている。

「先生、心拍が再開しましたよ！」

「血圧も安定してます」

「さあて、次は心肺停止の原因の検索ですよね」

「……ああ」

ずいぶんとはしゃいでいるじゃねえか、この若い連中は……年を喰った医者は少々自嘲気味である。

早速詳しい心電図検査が行われた。狭心症や心筋梗塞などの明らかな所見は認められない。あるのは、心室性の不整脈だけである。

次に調べるのは頭という順序になる。

研修医たちが、幾本もの点滴をぶら下げ携帯用の人工呼吸器が装着された患者の横たわるストレッチャーを、CTスキャン室に向かって押して行く。CTスキャンとは、レントゲン検査の一つであり、頭の中を輪切りにしてみせてくれるものである。脳出血やクモ膜下出血などがあれば、一目瞭然に診断をつけることが可能な代物だ。

まだ醒めやらぬ病院の廊下に、キュルキュルというストレッチャーの車輪の音が響きわたる。

「奥さん！　奥さんは救命センターに行って、そこで待っていて下さい、我々は検査が終わり次第に行きますから」

「あ、あの……しゅ、主人は、主人はどうなんでしょうか」

「ともかく、心臓は動いていますから、詳しい話は後ほど……」

患者の妻は、看護婦に背中を支えられながら、待合い室の吹きさらしのベンチから立ち上がった。

その後ろ姿を横目で見ながら、CTスキャン室に向かう訳知り顔の医者の頭の中には、再びいろいろな思いが交錯する。

――頼むから、クモ膜下出血であってくれよな……

「ありゃ、先生、頭の中はきれいですよ、こりゃクモ膜下出血じゃないですね」

ＣＴスキャン室のモニターテレビの画面を凝視していた研修医が声をあげる。

し、しまった！　生気を失っていた妻の横顔が、脳裏をかすめる。

心臓の鼓動が再開した患者は、救命救急センターの集中治療室にその身を横たえることとなった。

「先生、ＣＴの結果ではクモ膜下出血ではなかったようですね」

「ああ、頭痛ってことで惑わされちゃったけど、心肺停止の原因は頭じゃなさそうだな」

「とすると、やっぱり心臓ってことになりますか」

受け持ちの看護婦がメモをとりながら尋ねてくる。

「そうねえ、拍動が再開した後の心電図を見ると、心室性の不整脈がやたらと出てくるから、それが原因で心臓が止まったってことになるんだろう、やっぱり」

確かに、頭が割れるっと言って倒れてしまったようなケースの中に、実はその原因が心臓にあったという患者は数多くいる。

リズムが乱れると、心臓からの血液の送り出しが一時的に停止したり、その量が減ったりしてしまう。その結果、一種の脳貧血のような状態に陥ってしまうわけであるが、人によっては、その状態を頭が痛いという表現で訴えることがある。

おそらく、今回もそうしたケースだったのであろう。

「残念だな、てっきりクモ膜下出血による心肺停止だと思ったんだが……」

「ま、しかしよかったじゃないですか、先生、不整脈なら何とかなりますよ、幸いこの患者は心筋梗塞が原因の不整脈ではなさそうですから」

研修医の言っていることはもっともなことである。

不整脈というのは、心臓のいわばソフトウェアが少々狂っているだけであり、血液を送り出すというハードとしてのポンプ機能は保たれている。つまりリズムさえ正常に戻れば、この患者の心臓はこれからも充分に働くことができるのだ。

「ふん、そうかね、俺としちゃ、希望的観測ということでクモ膜下出血ってことを予想したんだが……」

「え?」

こういうのを「ベテランの心、研修医知らず」と言うのである。

クモ膜下出血ではないと知っていたら、もっと早く待ったをかけるんだった……そう、心臓の鼓動が再開する前に……

「先生、どうやら呼吸も戻りそうな勢いですよ!」

ベッドサイドで人工呼吸器を調節していた研修医が報告に来る。

「痛覚反応は?」

「手足はまだ動きません」

「瞳孔は？」

「ええ、少し小さくなったようです」

「対光反射は？」

「それはまだ……」

そうか……さあて、何をどうあの奥さんに話せばいいのか……

このままいけば、どうやらこの患者は、三途の川から無事に生還してきたということにはなる。

しかしそれで、めでたし、めでたし、ということには……


「お母さん！　お父さんは、お父さんは大丈夫なの？」

「ああ、来たのかい、それが……それがまだ、先生からお話がないんだよ」

「だって、お母さんから、病院に着いたって電話をもらってから、もうずいぶん経つわよ」

「そ、そんなことを言ったって、おまえ……」

『救命救急センター、許可無く立入禁止』と書かれた入り口の、冷たく閉ざされたガラス製の自動ドアの前で、家族の言い知れぬ不安は、いよいよ大きくなっていく。

「お父さん、最近、なにか変わったことはなかったの？」

救命救急センターの出入り口を横目でにらむような位置に、いくつかのベンチが置かれた小さな待合い室がある。いつもなら、面会時間になるのを待っている患者の家族であふれてしまう所である。しかし、まだ早朝ということもあるのだろうか、今はまったく人気《ひとけ》がない。

そんなベンチに並んで腰掛けた母娘《おやこ》は、うつむいたまま、視線を合わせることもなく会話を続けている。

「別に、これと言って……思い当たることは……ないわね……」

「でも、お父さん、あんまり自分のことって話さなかったじゃない、たとえば、どこか調子が悪いなんてことは……」

「……そう言えば、そう……だったかしらねえ……」

「もおう、しっかりしてよ、お母さん！」

「んなこと言ったって、おまえ……」

母親の視線はうつろに宙をさまよっている。

「中村さあん、ご家族の方いらっしゃいますかあ?」

突然、ガラス製の扉が開き、看護婦の甲高《かんだか》い声があたりに響きわたる。

まるで、バネ仕掛のオモチャのように二人は同時にベンチから立ち上がった。しかし返事がすぐには声にならない。

「……あ、は、はい、な、中村ですが」

「ご家族の方ですね、どうぞこちらにお入り下さい、今、先生からお話がありますから」

看護婦は、不安気な顔つきであたりをキョロキョロする二人を、ソファと小さな机だけのある小部屋に案内した。

「どうだ、バイタルは？」

「いいですね、血圧は安定しています、昇圧剤も切りました」

「尿は？」

「流出良好です」

救命救急センターの集中治療室に入れられた患者には、一通りの処置が施され、そのベッドサイドからは、緊張感が少し薄らいできたようである。

「いやあ、よく心拍がもどりましたよ」

「さすがは、救命救急センターってとこですかね」

「……そんな大層なもんじゃねえよ、単なる不整脈だったってだけのことだろ」

「クモ膜下出血じゃなくて、先生はあまりお気に召さないようですね、どうも」

「いや、そうじゃないさ」

「だったら……」

「いつも言ってるじゃないか、心臓なんて簡単に戻るよって」

「……？」

「心臓だけ見てたってはじまらねえよ、患者全体を考えなきゃ！」

安定した心電図と血圧波形を映し出すベッドサイドモニターをにらみながら、ペシミストの主治医は、思わず声を荒らげてしまった。

「で、歳はいくつだったっけ」

「えっと、昭和十二年ですから、五十八ですね」

「まだ六十前か……若いよな」

主治医は、やれやれと、一つ大きく溜息をつく。

「先生、ご家族をいつもの部屋にお入れしました」

先ほどの看護婦が報告に来る。

どれ、心配している家族を、あんまり待たせるわけにはいかねえか、と、ベッドサイドを後にする主治医の足どりは、なんとも重そうである。

「……それじゃあ、命は、命は取り留めたんですね、先生！」

救急隊が現場に到着したときには呼吸、脈ともになかった、ひと昔前ならそれで死亡ということであったが、今は心肺蘇生術というものがある、そしてそれが効を奏したのだろう、現在心臓はきちんと動いている、ざっと検査したところ、脳、心臓に大きな障害は認められず、おそらく不整脈が原因で心臓が止まってしまったのだろう、ただし、不整脈そのものの原因はまだ不明である……

主治医の説明で、母娘の顔は一瞬明るくなった。

「だ、大丈夫、大丈夫なんですね、先生！」

母娘に向いていた主治医の視線が、一瞬、二人のそれから外れた。

「……いや、ですから、ともかく、止まっていた心臓を動かすことには成功したというだけなんです」

「……?」

「ご主人がこれからどうなるのか、今からお話をします」

キョトンとした顔で、妻は主治医を見つめている。

「いいですか、ご主人には、この先大きく分けて三つの可能性があります」

主治医の視線が再び母娘に向かう。

一つ目は、このまま心臓、呼吸が安定し意識が戻る可能性。もちろん不整脈に対する根本的な治療が必要ではあるが、この場合は命を取り留めたと言える。

二つ目は、むりやり動かした心臓が、またもう一度止まってしまう可能性。

「この場合、二度と心臓を動かすことはできません」

「ということは……」

「ええ、この時は残念ながら『アウト』ということを意味します」

「……それじゃあ、三つ目の可能性と言うのは……」

しばらくの間、しかしそれはほんの二、三秒ぐらいのことであろう、再び視線をはずした主治医と母娘の間を沈黙が支配する。そしてあたりには、空調のいつもの低い唸り音だけが響いている。

料理をしていて、誤って包丁で指を切ってしまったときのことを考えてみましょう。深く切り込まれた指からは意外に多くの出血があります。そんな時、よくその指の根元を輪ゴムでギリギリと絞めあげて、指先からの出血を止めようとしますね、そしてそのまま近くのお医者さんにかけ込むということがよくあります。

お医者さんが、どれどれと覗きこんだ時には、すでにその指は紫色になってしまっていて、指先の感覚も麻痺してしまっていますよね。

でも、その輪ゴムをはずすと、再び血がめぐり、色も生気をとりもどしてくるし、指先の感覚も戻ってきます。たとえ輪ゴムで絞めあげていた時間が三十分近くに及んでいたとしても、傷を縫合しさえすればまた元通りになってくれる、というようなことはしばしば経験するところです……

「心臓が止まってしまった場合、脳味噌が、輪ゴムで絞めあげられた指と同じ状態になっているのです」

「つまり……脳味噌に血が通っていないということ、ですね」

「その通りです」

しかし残念ながら、脳は指先などとはわけが違う。何が違うのか。

「実は、一口に脳と言っても、いろんな場所があるんです」

かたわらの壁に掛けられたホワイトボードに、赤と黒のマーカーを使って図解をしながら、主治医の説明が続く。

「この部分、大脳皮質と呼ばれる部分なんですが、この大脳皮質が、最も大事なところなのです」

話が難しくなってきたのか、母娘は狐につままれたような表情になってきた。

「……大事なところ？」

「そうです、その人が人間として生きていく上で最も重要なところなんです」

「それはつまり……息をしたり、心臓を動かしたり、ということ、ですか？」

「いいえ、そうした生命を維持する基本的なことは大脳皮質ではなく、脳幹部と呼ばれる、ここ、この部分がやってます」

「……？」

「大脳皮質というのは、分かりやすく言うともっと高級なこと、たとえば見たり、聞いたり、計算したり、考えたり、判断したり、記憶したり、といったようなことをやってるんですよ」

「…………」

「つまり、人間にとって、人間らしい生活を送る上で最も大事なところが、この大脳皮質ってところなんです」

しかし、神の思惑なのか、人間にとって最も重要なこの組織が、人間の体のなかで一番もろいのだ。大脳皮質は、人間の体の中で最も酸素を必要とするところ、言い換えると酸素不足ということに対して最も脆弱《ぜいじゃく》なところなのである。

そしてその酸素は、血のめぐりによって運ばれているのだ。

「指先なんぞと違って、大脳皮質は酸素不足に対して本当に弱いのです、ほんの二、三十秒間血のめぐりが途絶えただけでも大脳皮質の脳細胞の動きがダウンして意識がなくなってしまうし、たかだか五分間ぐらいでも酸素が全く届かないと、その脳細胞は死んでしまうと言われています」

しかし、呼吸や心拍をコントロールしている脳幹部と呼ばれる場所は、十五分や二十分ぐらいの血流途絶にも耐えられるとされ、脳の中では比較的酸素不足に強いと言われている。

「先生、心臓は、心臓はどうなんでしょうか、心臓だってとっても大事なところじゃないですか、その、その心臓がまた動きだしたのですから……」

「……ええ、ごもっともです、しかし、心臓は、そういう意味ではとても強いのです、脳とは比較にならないぐらいだと言ってもいいかもしれません」

「…………」

「その結果、心臓も戻り、脳幹部も助かったけれども、大脳皮質はダメだったという場合がでてきちゃうんです」

「ということは……」

「ええ、命は取り留めても、意識が全く戻らないという場合があるのです」

これが、中村さんに残る最後の可能性である。

「最近、新聞やテレビなどでもよく取り上げられているようですから、奥さんたちもご存知ではないでしょうか」

「……？」

「いわゆる『植物人間』という状態が、三つ目の可能性なのです」

『植物人間』——思考や運動といった働きが失われ、外部との意思疎通がまったくできないのだが、しかし呼吸や循環は安定しており、そうした意識障害の状態が、数ヶ月以上、時には年余にわたって遷延《せんえん》している患者を指す言葉である。呼吸や循環など、生命維持に最低限必要な機能を、教科書的に植物的機能と言い習わしてきたことが、その理由であろう。あるいは、『植物状態にある患者』とも表現されている。

残念ながら、止まった心臓が再び動きだしたということ、ただそれだけでは命を取り留めたということにはならないのだ。それは心臓が再び止まってしまうという可能性と同時に、意識が戻らないまま生き残ってしまうという可能性が存在することをも意味しているのである。

「先ほど、ご主人にはこれから先、三つの可能性がある、と申し上げましたが、ご主人がこの救命センターに運ばれてきた時の経過や、現在の状況、そしてこれまでの我々の経験から申し上げて……もちろん、一つ目や、二つ目の可能性がないわけではなくて、それにまだ断定できる段階では決してないのですが……ご主人、この最後の三つ目の可能性が一番大きいと考えています」

一瞬輝きを取り戻していた母娘の顔が、あの秋霖《しゅうりん》の空のように、再び暗く沈んでしまった。

部屋には再び、空調の唸り音だけが響いている。

「先生、そりゃ我々が考えるべきことじゃないですよ」

「そうかな？　だって俺たちが造っちゃうんだぜ、植物人間を」

「我々が造るだなんて、そんな人聞きの悪い言い方はしないで下さいよ」

「だって事実だよ」

「いや、それはあくまで結果的にそうなるのであって、植物人間を造ることを目的にしている訳じゃないんですからね」

「もちろんそうだよ、だからって、我々にそのことに対する責任はないと言えるのかな」

「でも、そんなことをいちいち考えていた日にゃ、とても、救命センターの医者なんて務まりませんよ、先生！」

ベッドサイドでの、医者たちのディスカッションが続いている。

「だって先生、救急車で運ばれてきた時、この患者は心臓が止まっちゃってたんですよ」

「そうだよ」

「だったら、医者としてその時にやるべきことは、先ず、その心臓を何とか動かそうと努力することじゃないですか」

「うむ」

「そしてその結果、心臓が再び動き出し、自発呼吸も再開して、息を吹き返したってわけですよ」

「つまりそれは……命が助かったってことだよな」

「ええ、救命救急センターの医者としては喜ぶべきことでしょう?」

「なるほど、救命救急センターの医者として、まさしくこの患者を『救命』したってわけだ」

目の前のベッドには、二週間前に運ばれてきた患者が横たわっている。

以前とは違って、そのベッドの周囲にはほとんど何もない。体の中に何本も入れられていた点滴の管も、林立していた点滴台も今はなく、人工呼吸器もすでにない。ピピー、ピピー、ピピーと、うるさいぐらいに不整脈のアラームを鳴らしていた心電図モニターも、今は規則正しい心電図を映し出している。

人工呼吸のために口の中に押し込まれ、顔中絆創膏で固定されていた気管内チューブも抜去され、口元がずいぶんとすっきりしている。

まるで眠っているかのように瞼《まぶた》を閉じ、穏やかな息づかいである。

「中村さん! 中村さん! 目を開けてごらん、ね、中村さん、声が聞こえるんだったら大きく目を開けて!」

訳知り顔の医者が、その患者の胸を何回かバンバンと大きくたたいている。

患者は、しかし、手足どころか、眉一つ動かさない。

その顔をよく見ると、流動食を胃袋に流し込むための細い管が鼻の穴から入れられている。

そして、喉元には気管切開が施されている。気管切開とは、喉の所の気管に直接小さな穴をあけるという処置であり、そこから息をさせたり、気管や肺の中にたまった痰《たん》を吸い出したりするためのものである。

この鼻からの管と、気管切開、そして入院した時から膀胱の中に入れられている尿を取るための管、何よりこの時期になっても痛覚刺激に目を醒まさないということ、それは患者がまさしく植物状態であることを物語っている。

「『救命』した挙句が、植物人間ってわけかい？」

「いや、だから、さっきも申し上げたようにそれはたまたま結果としてそうなったってことですよ、先生！」

患者を前にしてのベテランドクターと研修医のクリニカルディスカッション、というよりは、すねた中年男が威勢のいい若い者《もん》に言いがかりをつけているといった趣である。

若い研修医の目は、つり上がってきてしまった。

「あのう先生、主人の具合はどうでしょうか、もう、ここにお世話になってから、三ケ月になりますが……」

「ああ、もうそんなになりますか、早いもんですね」

いつのまにか秋霖もあがり、秋晴れの日が続いたかと思うと、もうめっきりと冷え込んできてしまった。

冬の訪れである。

「先生、やっぱり……やっぱり、主人は、このまま……このままずっと、意識が戻らないんでしょうか……」

上目使いの妻の視線をはずし、主治医は目の前の患者の顔を見つめた。

ふっくらしていた頰もすっかり瘦《こ》けてしまい、口元も少し緩んでいる。伸びた髪が額《ひたい》にかかって顔が少しくすんで見えるためでもあろうか、齢《とし》よりもずいぶんと老けて見える。剃り忘れた幾本かの白い顎ひげが、なおさら老いを感じさせる。

妻の質問には応えず、主治医は患者の胸を軽くたたいた。

「中村さん、中村さん、わかりますか？」

軽く閉じられている瞼が二、三度ピクピクと動き、右手がほんのわずか動いたようだ。

「……最近は、時折、目を開けていることもあるんですが、娘や私の顔がわかっているとはとても……」

「奥さんたちの声では？　声に対してはどうですか？」

「何も……何も反応はありません」

と、突然患者が咳込み、気管切開のところからゼロゼロと痰が吹き出てきた。

「はいはい、痰を取りましょうね、中村さん」

そばにいた看護婦が細い管を気管の中にいれ、痰を吸引する。患者は全身を大きく震わせて、顔を真っ赤にして何度か咳込んだ。

「これが嫌《や》なんです、先生、痰を取ってもらっている時の、主人の苦しそうな様子をそばで見るのが……」

妻は夫の横たわるベッドを背にし、暖房で曇った窓ガラスにその額を押しつけた。

救命救急センターの集中治療室から、一般の病棟に移されて、もうずいぶんと時間が経っている。

この病棟は後方病棟と呼ばれ、救命救急センターで命拾いをした患者たちが移されてくるところである。大半は交通事故や労災事故によるケガのリハビリテーションに励んでいる患者たちだ。

この患者が移されたのは、しかし、多少の後遺症が懸念されながらも何とか無事に家に戻れるような、そんな生気のある患者たちの病室から遠く離れた、病棟のはずれの一室である。面会時間ともなれば、どの部屋も家族や友人たちで埋まり、病棟全体がざわめいてくるものであるが、そんな時でもこの部屋だけは人影もなく何となくひっそりとしている。

無理もなかろう、植物状態の患者ばかりを集めたこの病室からは、主治医ですら足が遠のいてしまうのだ。

救命救急センターの集中治療室には、研修医や看護婦たちが、ベッドの周りをそれこそ駆け回っているが、ここには若い医者が顔を出すこともほとんどなく、少しくたびれた主治医が日に一度、患者の、いや、時折面会にくる家族の顔色を、見に来るだけである。

「あの時……あの時、もう少し早く救急車を呼んでいたら、こんなことには……でも……こんな状態で生き残ってしまうぐらいだったら、いっそあの時、楽にしてあげていれば……」

半分泣きベソの、毎度毎度繰り返されるその台詞《せりふ》は聞こえないようなふりをして、それじゃあ、と主治医は踵を返して病室を後にした。

「さあ、奥さん、もう痰はすっかり取れましたよ」

吸引器の始末を終えた看護婦は、妻に声を掛けベッドサイドを離れた。そして小走りに主治医の後を追いかけていく。

「先生、ちょっと」

「うん?」

「中村さん、これから先どうされるんですか?」

浮かぬ顔の主治医は、看護婦の声に立ち止まり、後ろを振り返る。

「三ケ月か……戻るもんなら、もうとっくに意識が戻ってる時期さ」

「……ですよね」

「それより、このごろ奥さんはどう? 毎日面会には来てるの?」

「いえ、最近は顔を見せない日の方が多くなってきちゃいましたね、以前はお嬢さんも足繁く通っていたんですが……」

「そういや、嫁に行った娘さんがいたな」

「ええ、でも、まだお子さんが小さいんで手がかかるらしくて、それに……病院に行くって言うと、一緒に住んでるお姑《しゅうとめ》さんがいい顔しないんですって」
「そりゃたいへんだ」
「もう、ずいぶん経ちますからね……それに、患者さんの反応も、ほとんど変化していませんから……」
「うむ、奥さんたち、少し疲れてきちゃったんだろうな」
「………」
「ところで、大分植物状態の患者さんが増えてきちゃったね、後方病棟に」
「ええ、中村さんもすっかり古株になっちゃいましたよ」
「そうか、そろそろ転院の話を進めなきゃいけねえな」
「そうですね、よろしくお願いします、先生」

ずいぶんと話が長くなってしまいました。

しかし、長いといえば、中村さんのこれからでしょうか、まだ六十前の若さなんですから、この先何年もの間、生き続けられると思います。

えっ？　そうやって時間をかけている間に、意識が少しずつでも戻ってくるのかですって？

残念ですが、我々の経験から申し上げてそれは非常に難しいことであると言わざるを得ません。もちろんその可能性が決してないわけではありません。中には何年も経ってから意識がでてきたという報告も見られます。もっとも、いい看護、充分なケアがあっての話ではありますが……

しかしいずれにしましても、我々のような救命救急センターでは、中村さんをその最期までお預かりするということは許されないのです。

何故ですかって？ それは、救命救急センターの第一の使命が、何時《いつ》いかなる時にも救急患者を遅滞なく収容するということにあるからなのです。

集中治療を終わり、生命の危機を脱した患者さんには、だから救命救急センターのベッドの数が限られている以上、あらたに発生する別の患者さんのために、どうしてもベッドを空けるべく、他の病院に移っていただかなければならないのです。実はそうやってベッドを空けて下さった方々がいたからこそ、中村さんも我々の救命救急センターに収容することができたのです。

春、なたね梅雨の暖かい雨が降り続くころには、きっと中村さんもどこか別の病院に移って、落ち着いているに違いないと思います。

いえ、どうしてもそうであってもらわなければならないのです。それが救命救急センターというところなのですから……

さて、三途の川をほとんど渡りかけてしまった中村さんのような人間が、再びこちら岸にきて何年もの間生き続けることができる、このことは、確かにあの若い研修医が言ったように、救命救急センターとすれば面目躍如と言うべきことでしょう。

しかし、医療というものの目的が、患者やその家族の苦しみを、少しでも和らげるということにあるのだとしたら、こんな中村さんのようなケースは、いったいどう考えたらいいのでしょうか。

実は、植物状態で生き残ってしまうということは、残された家族がそれこそ莫大な経済的、肉体的、精神的な負担を背負うことを意味しているのです。

それればかりではありません。あの時もっと早く救急車を呼んでいさえすれば……というような重い自責の念を、残された家族にいつまでも持たせてしまうというような場合だってあるのです。

そして今お話ししてきたようなケースは、しかし、救命救急センターでは決して稀なことではないのです。むしろ生きるか死ぬかといった、生死の境をさまよっているような患者さんたちばかりを診ている我々にとっては、とてもありふれたことなのです。

何がありふれたことか、ですって？

我々の努力が、ひょっとすると、かえって患者さんやそのご家族に、より大きな苦しみをもたらしているのかもしれない、そんな想いにとらわれてしまうということが、なのです。

いえ、こんな逡巡をするのは、実は、救命センター暮らしが長くなってしまった、私のような人間だけなのかもしれません。

医師のライセンスを手に入れたばかりの、それこそ現代医学に全幅の信頼を置き、その名の通り、救命救急センターで『救命』なるものを研修しようと意気込んでいる若い研修医たちには、残念ながら、そんな私の、少々疲れ気味の想いは理解してもらえないようです。

ここで一つ、クイズをだしてみましょう。

私が救命救急センターに籍を置いてからずいぶんと時間が経ちました。そう、十年は経ったと思います。その間に、おそらく千五百人近い、いわゆる心肺停止の患者さんを診てきました。そして、そのすべての患者さんに対して、心肺蘇生術なるものを行ってきました。

それではその千五百人の患者さんの内で、いったい何人の方の心臓を、再び動かすことに成功したでしょう？

十人？　五十人？　それとも、百人ぐらいでしょうか。

正解は、二百人弱といったところです。どうです？　止まってしまった心臓を再び動かすことは、案外簡単なんだとは思いませんか？

えっ？　なんだ、簡単だって言うから千人ぐらいもいるのかと思ったけれど、そんなに少ないのか、ですって？

ま、心臓が止まってしまえば、ついこの間まで何もできないで「ご臨終です」とやっていたんですから、それを思えば二百という数字は、ずいぶん多い数ということになるのではないでしょうか。

さてそれでは、次の問題です。

心臓が再び動きだしたこの二百人弱の方々の内、いったい何人の方がその原因をクリアーすることができたか、つまり心臓を動かし続けることのできた方々はどれぐらいいらっしゃるでしょうか？

手元にあるカルテをめくってみますと、その数は、三十六人、となります。

これは、心臓を動かし続けることのできた方、つまり何とか命を取り留めることのできた方が、心肺停止患者さん全体の二、三％になるということを意味します。それは、言い換えますと、残り九十七、八％の方々は、三途の川を引き返せなかったか、そうはできてもやっぱり向こう岸に行ってしまった、ということなのです。

この結果を、どうお思いになるでしょうか。

動きだした心臓を、しかし、そのまま動かし続けるということは、実はとても難しいことなのです。

覚えておいででしょうか、最も難しいのは、止まった心臓を動かすことではなく、動いていた心臓を止めてしまった原因を突きとめて、さらにその原因を取り除くことなのです。

さあ、問題を続けましょう、この三十六人の方々のうち、元の生活に戻ることができるようになったのは、それではいったい、何人いらっしゃるでしょうか。

正解は……なんと、六人いらっしゃいます！

ひと昔前なら、三途の川をもう渡ってしまったといってあきらめられていた、そんな患者さんを、たとえ数パーセントではあっても、こちら岸に呼び戻すことができるようになったのです、それだけでも驚くべきことなのに、さらに素晴らしいことには、その中に社会復帰を果たされる方がいらっしゃるのです。

まさしく、奇蹟の人、と申し上げてもよい方々でしょう。

そうそう、今テレビで流行《はやり》の救命救急センターのドキュメンタリーなんぞで取り上げられれば、その心肺停止で担ぎ込まれてきた患者さんが社会復帰をすべく、笑顔と花束で退院していく、それこそ、涙なくしては見ることのできないクライマックスといった場面になるのではないでしょうか。

こうしたことは、しかし、奇蹟ではなくて、本当は現代医学の勝利と呼ぶべきものなのでしょう。そして救命救急センターのスタッフとしては、そうした症例に対して、惜しみない賞賛の拍手を送りたいと思います。

あの研修医たちは、まさにこうした現代医学の持つ力を身につけるべく、この救命救急センターにやってくるのです。

しかし、ちょっと待って下さい。

命を取り留めた方が三十六人、そしてそのうち社会復帰をされた方が六人、とすると、残りの三十人の方々は、いったいどうなってしまったのか……

実はその大半の方々は、あの中村さんと同じように、いわゆる『植物人間』と呼ばれる状態に陥ってしまっているのです。

　奇蹟と言ってもいい社会復帰を果たせたそんな患者さんたちの陰に、それこそテレビカメラのライトが決して届かぬ中村さんのような人たちがいるのです。

　と申し上げますと、疑問に思われる方がいらっしゃるかもしれません。

　その千五百人にものぼる症例を詳しく検討すれば、蘇生が絶対に不可能である場合や、たとえ心臓を動かすことに成功したとしても、意識の戻ることが期待できない場合がどういったケースなのかがわかるはずではないのか、あるいは逆に社会復帰された方の条件を検討すれば、蘇生努力をするべき症例とそうではない症例をはっきりと区別することができるのではないか、と。もしそうであれば、植物人間をつくってしまうという事態を避けることができるのではないのか、と。

　おっしゃる通りです。

　確かに、心肺停止に陥ってしまった原因はともかくとして、心肺停止が明らかに確認されて後、長時間（例えば三十分以上）を経過して蘇生術が開始されたといった症例であれば、その蘇生が困難であり、また仮に心拍が再開しても意識が正常に戻る可能性はゼロだと断定してもよいかもしれません。

　しかし残念ながら、患者さんが本当に心肺停止してしまった正確な時刻というものは、例えばそれが病院の中で心電図をモニターしている最中にでも起こらない限り、実は何人《なんぴと》にもわからないものなのです。

同じように、社会復帰された方々を調べてみても、何が幸いしたのか、ということについてはっきりと共通した条件は導き出されないのです。

年齢であれ、性別であれ、原因疾患であれ、どれをとっても、社会復帰できたのはこれがためだ、というものはわからないのです。強いて申し上げるならば、そう、運がよかったということ、でしょうか。

だとすれば、よほどのことがない限り、心肺停止状態で担ぎ込まれてきた患者さんに対しては、あの奇蹟の六人のことを想い浮かべながら、すべて社会復帰の可能性があるものとして、蘇生術を施さなければならないということになるのです。

もう一度、整理してみましょう。

私どもの過去のデータによれば、心肺停止で担ぎ込まれてきた患者さんの内、再びかえらぬ人のグループに入ってしまったのが九十八%、植物状態に陥ってしまったというグループは一・六%、そして見事に社会復帰を果たされたグループは、〇・四%ということになります。

残念ながら、しかし、こうした過去のデータをどれほど積み重ねて、いじくり回したとしても、正確な心肺停止時刻がわからない以上、たった今救命救急センターに担ぎ込まれてきた心肺停止患者さんの結末について、何かをはっきりと言うことは、誰にもできないのです。いや、この言い方は正確ではありませんね。社会復帰できる可能性が決してゼロではないんだということ、そのことだけは、はっきりしているのだと申し上げなければならないのでしょう。

「でしょ、先生、だから医者としては、どんなに小さくても、ゼロではない以上、その可能性をとことん追求しなきゃならないわけですよ」

……ええ、この若い研修医の主張することは正論です。

おそらくそうした態度が現代医学を進歩させ、そしてこの六人の方々が社会復帰という奇蹟を手に入れることができたのだと思います。

さらに若い医者の言葉が続きます。

「それに先生、ここは救命救急センターなんですから、何よりも先ず『救命』ということを優先させるべきじゃないですか」

その患者の心肺停止の正確な時刻がわからないために、植物状態に陥ってしまうのか否かを確実に判定できない以上、先ず救命を図るべきである、そして結果的にその患者が植物人間になってしまったとしても、それはあくまで結果なのであって、その結果をあげつらって、最初の救命努力を否定したり、あるいは無意味化したりすることは論理的に許されない、多くの医者たちが主張するこの考え方もまた、正論と言わざるを得ないのでしょう。

しかし……しかし、そうした正論を、それこそ百も、二百も承知した上での繰り言なのです。

救命救急センターの医師として気にかかるのは、そうやって晴れやかに社会復帰していった方々ではありません。無事に退院していく人など、ごめんなさい、記憶にはあまり残らないのです。それでは、再びかえらぬ人となってしまった方々でしょうか。いいえ、そうした方々も記憶の中にはあまり残らないようです。

酷なようですが、あの世に再び旅立ってくれるのであればよろしいのです。やるべきことをすべてやって、そしてあの世に旅立ってくれるのであれば、残されるご家族も、そう、寿命ということであきらめられるのですから。

医者だってそうなんです、やれるべきことをすべてやって、その結果としてやっぱり死が訪れるのであれば、医者としての納得が得られるのです。

もちろん、ひょっとすると、それは単なる自己満足に過ぎないとおっしゃるかもしれません。しかし、たとえそうではあっても、その患者は、そしてその家族は自分の目の前から、そして記憶の中から消えてくれるのです。

何故、ベテランの医者が、あれほどクモ膜下出血ということにこだわったのか、おわかりになりますでしょうか。

実は、クモ膜下出血が原因で心肺停止となって担ぎ込まれた患者さんは、たとえ一時的に心臓が動き出しても、遅かれ早かれ、今話題の『脳死』状態に陥ってしまい、短時間のうちに確実にその死が訪れてくれるのです。そのことを承知していた主治医は、だからこそ、CT検査で中村さんがクモ膜下出血であることを期待したのです。充分に手を尽くされた上での安らかな死を、中村さんが迎えてくれることを望んだのです。それがあのベテランの医師の本音だったのです。

救命救急センターの医師として、本当に気にかかるのは、あの世に旅立ったり、あるいは幸いにも社会復帰できたりした方々ではなく、そう、あの中村さんのように植物状態で生き残ってしまった患者さんなんです。

「確かに、先生、植物状態で生き残ってしまった場合、残されたご家族にとても大きな負担を強いることは事実ですよ、でも、何回も申し上げる通り、それは我々が考えることではない、いいえ、考えちゃいけないことなんですよ、絶対に！」

――蘇生の可能性がゼロではない以上、その可能性に賭けて、とことん努力すべきであるということ

――ひょっとしたら、その結果として植物人間をつくってしまうかもしれないという恐れに、心を売り渡してはいけないということ

若い研修医のこうした考えは正しいのです。だからこそ、その結果として生み出された社会復帰例は絶賛され、絵にもなるのです。

しかし……しかし、『植物人間』という、恐れていた最悪の結果になってしまったのだとしたら……

これまでお話ししてきたのは、心肺停止と呼ばれる病態の患者さんのことでした。しかし、実は、植物状態になってしまう患者さんは、なにも心肺停止の後、蘇った方ばかりではありません。

交通事故や労災事故による頭部外傷、特に脳挫傷と呼ばれる、脳味噌そのものに大きな傷を受けてしまった患者さんたち、あるいは、重篤な脳卒中、特に脳幹部と呼ばれる生命を司っているとされる場所の脳内出血の患者さんたち、などなど、瀕死の状態で救命救急センターに担ぎ込まれてくる患者さんたちの中には、中枢神経系の外傷や疾病の方たちが数多くいらっしゃいます。

かつてこうした重症の患者さんがみんな命を落としていた時代がありました。それが、何よりも医学が進歩し、救急医療体制が整備され、救命救急センターなどができたことによって、こうした患者さんたちの命を取り留められるようになったことは間違いのない事実です。しかし、ここでも、これまでお話ししてきた心肺停止の患者さんと同様、そう、あの中村さんと同じように、命は助かったものの植物状態で生き残ってしまった方が無数にいらっしゃるのです。

医者は、やっぱり同じことを考えます。

「中枢神経系、特に脳のことはまだ何もわかっちゃいないんだ、それに意識の回復がダメだと思われていた症例が奇蹟的に目を開けた、などという報告だってある、ひょっとすると、今自分が目の前にしているこの患者さんの意識が回復する可能性もゼロじゃないかもしれないじゃないか！」

あの若い研修医のように、医者は、持てる力を総動員して、その可能性を追求します。

しかし、やはりそうした努力の結果として、我々は『植物人間』をつくり出してしまっているのです。

先輩医者の、そんな繰り言を前に、一瞬たじろいだとしても、若い研修医たちはやっぱり切り返してきます。

「先生のおっしゃることはわかります、しかし、もしそうしたことを理由にして、社会復帰への可能性をとことん追求しないで放棄してしまうということが救命救急センターの医者に許されるのだとしたら、そりゃ、医者が神様になるってことじゃないですか！」

若い研修医は声を荒らげます。

「神様？」

「だってそうでしょう、我々に許されていることは、その患者の持っている可能性に賭けることであって、奪い取ってしまうことではないはずです、それが許されるのは、神様だけなんですから」

「医者が神様になってはいけないのかい？」

「もちろんです、医者は決して神様になっちゃいけないんです！」

この若い研修医たちは、きっと健全な精神の持ち主に違いないのでしょう。

ひょっとすると、救命センター暮らしが長くなってしまった私のような医者の精神こそが、ひどく病んでしまっているのかもしれません。

しかし……しかし、心肺停止であれ、頭部外傷であれ、最愛の人が、何とか命は取り留めたものの、『植物人間』と呼ばれる状態で生き残ってしまった家族の現実をご存知でしょうか。
覚えておいででしょうか、我々の救命センターには後方病棟と呼ばれる一般病棟がありま す。救命処置を終わり、社会復帰に向けての準備を行うための病棟です。

実は、こうした病棟を持っている救命センターというものは、全国的にみても非常に珍しいのです。多くの救命センターは、救命処置が終わると、他の病院に患者さんを転院させます。そうすることで新たに発生する救急患者に備えるのです。

我々のセンターでは、後方病棟がありますから、救命処置が終わったからといって必ずしも他の病院に転送しなければならないということはありません。後方病棟に移ってもらうことにより救命センターのベッドを確保し、同時に主治医としても退院まで責任を持って治療に当たることができるという利点があります。

しかし、それも数に限りのあることですから、長期の入院が必要な患者さんたちには、三ケ月から半年ぐらいの間に後方病棟から他の施設に移っていただくことが必要となります。当然のことながら、植物状態に陥ってしまった患者さんにも転院することが求められるのです。ですから、植物状態の患者さんやそのご家族と最後までご一緒するということは、まず、ありません。

そういう意味では、訳知り顔にこんな話をしている私とて、ご家族の本当のところはわからないのです。転院された後の患者さんやご家族がどうなったのか……転院先の病院から報告をいただくこともありますが、多くはやがて我々の記憶の中から消えていってしまいます。

しかし、中には風の便りでその消息を耳にすることがあります。
――転院してから一ヶ月ほどで急変して命を落としてしまった
――一家の大黒柱が『植物人間』になってしまったので、奥さん、子供が行方不明になり一家離散してしまった
――入院費を工面するために、家屋敷を売り払ってしまい、家業も立ち行かなくなってしまった

確かに一週間や、二週間のことなら、どうということはないかもしれません。

しかし、話しかけても物言わず、妻である人間が自分のそばに付き添っていてくれることさえもわからず、ただただ生きているだけの、いや、『神様』になることを許されぬ医者の手によって生かされているだけの最愛の夫の看病が三月になり、半年になり、やがて一年も過ぎようかという頃の、そのご家族の心持ちは如何様《いかよう》でありましょうか。

きっとそれは、実際に『植物人間』を抱えてしまった方たちにしか理解できないことだと思います。

「先生、どうして、どうして主人を助けたんですか、こんな姿にしかならないんだったら、いっそあの時何もしないで死なせてくれた方がよかったのに……もう先生、殺してしまって下さい、私も……私も死にますから！」

最愛の人の死を、思わず望んでしまうという、こんな追い詰められた言葉をたびたび耳にするのであれば、しかし、その実情が並大抵のことではないということは、我々にも察しが

つこうというものです。

僭越《せんえつ》にも『神様』になろうだなんて決して思っているわけではありませんし、もとよりそんなことが許されないはずであることは充分に承知しております。

しかし、こうしたご家族の現実に接しますと、『神様』とはいわない、せめて寿命というものを信ずる『運命論者』であることが許されれば、と思います。

心肺停止になるには、現代の医学で判明するかどうかは別として、必ずその原因というものがあるはずです。その何らかの原因によって、それまで生きていた人間の心臓が止まった、呼吸が停止した、だとしたら、それをそのまま受け入れてはいけないのでしょうか、ちょうど長患いをされてきた患者さんが、あるいは癌末期の患者さんがその最期を迎える時は、できるだけ自然な形であることが求められているように……

——し、しまった、「待った」をかけるのが一瞬遅かったか……

——願わくば、確実に死が訪れるクモ膜下出血でありますように……

あのベテランの医者は、『神様』になろうとしたのではなく、ただ自然の流れに従順な『運命論者』になろうとしただけだったのだと申し上げれば、おわかりいただけるでしょうか。

いいえ、もっと申し上げれば、残されるご家族に大きな負担を強いる『悪魔』にだけは、しかも偽善とは紙一重の、医療という名の仮面をかぶった『悪魔』にだけはなりたくない、ということなのです。

「だから先生、そうした悪しき結果は医者が心配するべきことではないんですよ、それは医療の問題ではなく、福祉の問題なんです！」

やっぱり、若手から声が上がります。

「確かに中村さんのような場合はいいとしても、心肺停止や頭部外傷の原因が交通事故によるもの、しかもこちら側には全く過失がないといったような事故の場合でも、それは自然の寿命だ、なんて構えてられますか、ねえ、そうでしょ？」

まさしく正論というべきです。

「それに悪い結果ばかりではないですよ、転院先から、少し意識が出てきたようだなんていう嬉しい便りも、ま、ほんとに稀ですけど、届くことがあるじゃないですか、先生」

その通りです。そして、中にはこんな手紙もありました。

救命センターの後方病棟から移って三年、先生にお世話になった主人が、先日息を引き取りました。

最後まで植物状態のまま、私が手を握っているのもわからぬまま、旅立っていきました。

この三年、ずいぶんと色々なことがありました。

主人がいなければどんなに楽だろうかと思ったことも、早く死んでくれれば、と願ったことも、一度や二度ではありません。

でも、やっぱり、この三年間、主人がこの世にいてくれてよかったと思います。

たとえ植物人間ではあっても、主人がこの世に生きているというだけで、私たち家族にとってはとても大きな意味があったと思います。

以前は先生のことを恨んでいた日々もありました。

しかし、夫の命を助けていただいた先生には、今、とても感謝しております。

本当にありがとうございました。


果たしてしかし、『悪魔』転じて『天使』になれたのでしょうか……

そして、逡巡は続きます。


さてさて、ずいぶんと長い手紙になってしまいました。

救命救急センター……なんとも立派な名前を頂戴しています。その名の通り、とことん『救命』をめざしていかなければならないところです。

たとえ『悪魔』的と言われようとも、とことん可能性を追求していく、そう、自然の流れに挑戦し続けていくことこそ、現代医学の真骨頂と言うべきものなのかもしれません。

残念ながら、しかし、手放しで現代医学を賞賛するには、その影の部分を見すぎてきました。理屈や正論で割り切ってしまうにはあまりにもつらいことがあるということを、そして、そのつらさは、他の誰でもない我々自身が、現代医学自身がつくり出しているのだということを、この下町の救命センターは、はからずも垣間見させてくれるようです。

若い研修医たちには、是非そこのところをこそ知って欲しいんだ、なんぞと思ってしまうのは、私が歳を喰いすぎて、少々弱気になっているからなのでしょうか……

本当に長くなってしまいました。

この手紙がお手元に届くころには、きっと、春の訪れを告げるあたたかい雨が、医局の窓を、やさしく濡らしていることでしょう。

それでは、また……

葛藤

ようやく長い長い冬が去って、春の訪れです。ひと雨ごとに暖かさが増し、草木のつぼみも、いよいよ膨らんできます。こんなやさしい雨なら、いつでも大歓迎です。

そうそう、前回差し上げた『植物人間』についての手紙、もうお読みいただけたでしょうか。

あの手紙を書き終えたあと、こんな新聞記事が目に留まりました。

『七年半昏睡、突然しゃべる』米紙報道

――七年以上もの間、植物状態にあった四十二歳の男性が、突然目覚めて家族と会話まるで、それこそいつかどこかで観た映画のような話です。

その患者さんは元警察官で、酔っぱらいに拳銃で頭部を撃たれて植物状態に陥ってしまったとのことです。しかし、そのケガの程度がどれほどのものであるのか、あるいは何か新しい治療法を試みた結果であるのか、記事では何も触れていません。

いずれにしても、『奇蹟』という言葉を用いているところをみると、きっと誰もが想像だにしなかった事態なのでしょう。

しかし、この記事の真偽のほどはわかりません。確かにこの手の記事は時折見受けられるのですが、いつもいつも打ち上げ花火のように報じられるだけで、医学的にあるいは科学的に事の顛末《てんまつ》を追求したものには、残念ながら、ついぞお目にかかったことがありません。ただ、こうした記事が、実際に植物状態の患者さんを看病していらっしゃるご家族に、さまざまな想いを呼び起こしているであろうことは、容易に想像がつきます。

そしてまた、前回の手紙にも認《したた》めましたように、この手の記事は、好むと好まざるとにかかわらず植物人間を生み出してしまっている、我々のような医者にとりましても、深い逡巡《しゅんじゅん》を味わわせてくれる、なんとも悩ましい類《たぐい》のものなのです。

そんな鉛色の冬空にも似た重い話は、さておきましょう。

それこそ春の雨に暖められたつぼみのように、何事にも期待が膨らむ始まりの季節なのですから、こんな時に差し上げる手紙こそは、いつもと違って明るいものに、とは思っています。

さてさて、しかしながら、やっぱり救命救急センターのようなところに、春だからといって、明るい話なんぞが、そうそうころがっているはずもありません。

ご存知のように、救命救急センターは、現代の野戦病院にたとえられます。ひっきりなしに担ぎ込まれてくる、交通事故や労災事故で傷ついた患者さんの、それこそ血塗《ちまみ》れになりながらの治療にあたる光景は、まさに現代の戦場といってもいいのかもしれません。

しかし、我々の戦いは、患者さんの命を救う場面だけで行われているのではありません。

今日は、ちょっと毛色の変わった戦いの話をひとつ……

「先生、患者さんの依頼です！」

午前中の回診と処置が終わり、医局で一服という束の間のやすらぎが、やれやれ、けたたましい毎度毎度の研修医の声で破られる。

「何の患者？」

「飛び降りです」

「歳は？」

「中年の女性としかわかりません」

「何階から飛び降りたんだ？」

「八階建てのマンションの屋上から、らしいです」

「八階か……で、息はあるのか」

「はい」

「ほう、そりゃたいしたもんだ」

「ええ、雨でぬかるんでた植え込みの土の上に落ちたそうです」

昨日から降っていた雨は、明け方には上がっていたが、病院に来る道すがらの植え込みの、昨日まで乾いていた土が、今朝はしっとりと黒ずんでいた。

きっと、その春の恵みの雨がクッションになったんだろう。

「で、飛び降りは間違いないのかい？」

「ええ、目撃者がいるそうです」

「木の芽時ってやつかな」

「じゃ、先に行ってますから」

いつもながら、若い研修医たちは元気一杯である。

「ん？　何やってんだ、早くおまえさんたちも行かねえか！」

「は、はい……」

春になって、学生実習も始まった。今週も、医学部の六年生が三人ほど救命救急の実習にやってきている。ご多分にもれず、最近の医学生も、ああしろ、こうしろといった、手取り足取りが必要な、指示待ち人間ばかりである。

「やれやれ、今週も疲れそうだな」


「着いたらすぐに気管内挿管をして人工呼吸を始めるぞ、すでにもう血圧が下がってるってことだから」

「骨盤骨折の疑いがあるから、ショックパンツも用意して！」

「点滴ルートは四本つくっといてくれよ、二本は輸血用だ！」

研修医や、看護婦たちが受け入れ準備に走り回り、救急処置室は戦場さながらの慌ただしさとなる。

「いつもながら、元気だね、おまえさんたちゃ、ほんとに」

ベテランの医者は少々思案顔である。

「おい、そこの学生、今俺が何を考えてるか、わかるかい？」

「せ、先生が、ですか」

「うん」

「そ、そりゃ、患者さんがどんな状態で運ばれてくるのか、とか……」

「……とか？」

「そ、それとか、治療手順をどうしようか、とか……」

「いいや、全然違う」

「……？」

「これから運ばれてくる患者が、瀕死《ひんし》の重傷で、もうとても手が出せないぐらいならいいなって思ってんだ」

「え？」

「また先生は、学生さんにつまらないことを言ってるんだから！」

怪訝《けげん》そうな顔つきの学生の背中ごしに、若い医者が口を出してくる。

「おまえさんたちゃ、こちとらの苦労を知らねえから、そんなのんきでいられるんだよな、まったく！」

学生は相変わらずキョトンとしている。研修医たちは、そんなことは知らねえよ、とばかりに準備に精を出している。

飛び降りや転落といった、いわゆる高所よりの墜落外傷の場合、通常、その高さが五階までであれば何とか命を取り留めることができると言われている。それを超えるとほとんど即死状態になってしまうのが普通であり、たとえ息のある状態で運ばれてきても、救命することはなかなか難しい。しかし、だからといって、八階から飛び降りたこの患者を、端《はな》からあきらめてしまう訳にはもちろんいかない。

「できれば、救急車の中でこと切れてから来てくれるといいんだが……」

「先生、お願いします！」

「はいよ、どんな具合だ？」

「意識はありませんが、かろうじて脈は触れてます」

「よし！」

戦闘開始である。救急処置室の中には大声が飛び交う。そんな戦場を後目《しりめ》に、救急隊から事情を聞く。

「自殺に間違いないのかい？」

「はい、遺書がありましたから」

「そうか、で、年齢は？」

「文面からすると、どうやら六十をこえたばかりってところでしょうか」

最初の一報では、中年ということであったが、むしろ初老と言った方がよさそうである。こぎれいな洋服は、すっかり泥まみれになり、白いブラウスは血に染まっている。

「先生、レントゲンにいきますよ！」

種々の処置が終わり、これから損傷部位の診断である。

「なんとかなりそうか」

「そうですね、少しは時間が稼げそうです」

「わかった……」

顔面から落ちたのであろう、右目を中心として顔半分が大きく腫れ上がり、鼻腔からは血が流れ落ちている。

何となく気乗りがしないが……仕方ない、とにかく集中治療室に収容するしかないだろう。

何本もの点滴を入れられ、輸血も始められた患者は、ストレッチャーに乗せられて救急処置室から出ていこうとしている。

指揮をとっていた医者の思案顔が、あきらめ顔に変わったその時、机上の電話が鳴った。

消防庁からの直通電話である。

「先生、先ほど患者をお願いしたばかりで申し訳ありませんが、もう一人なんとかなりませんか」

「な、何だって、何の患者だ？」

「高所の足場からの転落です」

「労災か？」

「その通りです」

「高さは？」

「五階からです、下はコンクリート」

「状態は？」

「先ほどまで意識があったということなんですが、突然意識レベルが低下したってことです」

「場所は？」

「先生のところから、ほんの数分ぐらいの距離です」

あいたた、さっきの飛び降り、やっぱり受けるんじゃなかった……

「おい、おまえさんたち、なにぼんやりしてんだ、早くストレッチャーを追いかけろよ!」

「は、はい……」

ったく、今時の学生ときたら、なんぞと受話器を手で押さえながら一呼吸置いたあと、再び耳にあてる。

「さっきの飛び降りが、まだ手が離せないんだ」

「ダメですか」

「それに、今の患者でもうベッドが満杯のはずなんだよ」

「……わかりました、別の救命センターをあたります」

「申し訳ない、よろしく」

受話器を置いたベテランは額に手をあて、目を閉じた。頭の中には、救命センターの見取り図がある。

えーと、あそこの患者を、こちらに出して、こっちの患者をあちらに移せれば……いやいや、まだ動かせないよな、とすると、今の飛び降りが早々に決着してくれれば……あの歳格好で、あのケガだから、おそらくダメだとは思うが、しかし、それにしても数時間はもつだろう、だとすれば……ダメだ、やっぱりやりくりがつかない、労災の患者の収容は無理だ……

　消防庁とのやりとりはすでに終わっている。しかし、患者の収容要請を断った自分の判断が正しかったのだということを確認したくて、頭の中で何度も何度もシミュレーションを繰り返している。

　――だけど待てよ、確かここから数分のところだとか言ってたよな、とすると、一番近い隣の救命センターまで、この時間、下手すりゃ三十分はかかっちまうぜ、なんとかそれまで持ちこたえてくれりゃいいが……ええい、二人の順序が逆なら、こんなことにならずに済んだのに……

「最悪の場合は、二人ともアウトか」

　レントゲン室に向かうベテランの足どりはなんとも重い。

「やっぱり、かなりひどいな」

　現像機から流れ出てくるレントゲン写真をシャーカステンに掛けながら、若い医者たちが顔を見合わせている。

「頭蓋骨が縦横に折れているし、右の肋骨もほとんど折れてる」

「おまけに骨盤までバラバラか……よくこれで即死を免れたよな」

　後ろから覗きこむように、遅れてきたベテランが声をかける。

「血圧はどうだ？」

「はあ、なんとか、七〇はあります」

「よおし、で、写真は？」

「ええ、ひどいもんですよ、よくこれで生きてるなって感じです」

「そうか……、まあ、とにかく次はCTスキャンだ」

「そうですね」

「おい、そこの学生！」

「は、はい」

「このレントゲン写真、どこが問題なんだか、読んでみろ！」

患者を若い医者たちにまかせて、ベテランはもっぱら学生いじめ、いや違った、学生教育である。

「はあ、えーと、この頭蓋骨を正面から撮った写真では、ですね」

「うん、どこに所見があるんだ？」

「……ここ、ここですね、ここに骨折線があります」

「え？　どれが骨折線だって？」

「これですが……」

「なんだと、それが骨折？」

「ち、違いますか……」

最近の医学教育はいったいどうなってんだか……おっと、自分の学生時代も、きっとこんなものだったんだろう、そうとでも思って自らを慰めていなければ、学生相手にはとても根気が続かない。

「馬鹿野郎、それは、頭蓋骨の縫合線だ、骨折はこっちのライン！」

「ありゃ、こりゃだめだ、とてももたないよ」

CTスキャンというレントゲン検査がある。放射線を使って、頭の中を輪切りにして見せてくれるものである。脳卒中や頭部外傷などの時には、不可欠の検査である。

そのCTスキャンのモニターに、患者の脳の画像が映し出された瞬間、張りつめていた緊張の糸が一瞬にして、切れてしまったようだ。

「どうだ」

「こんな具合、なんですがね……」

ベテランの問いかけに、若手の反応はなんとも投げやりに聞こえる。研修医が指さしているモニターには、のっぺりとした脳が映し出されている。

一瞬、ベテランも声を呑んでしまったかのようだ。

「どうしましょうか、先生」

「どうしましょうかったって、どうにもなんねえだろうさ、この腫れじゃあ……」

いつもは元気一杯のはずの、さすがの研修医たちも、こりゃあ仕方がないや、といった顔つきで目を伏せる。

その時CTスキャン室の電話が鳴った。集中治療室の看護婦からである。

「先生、いまの患者さん、手術になりますか?」

「いいや」

「そうですか、それじゃあ、どこのお部屋にしましょうか」

患者が集中治療室に入室してくる前に、看護婦たちは人工呼吸器やベッドサイドモニターをセットアップしておかなければならないのである。

「あと、幾つあるんだっけ、ベッドは?」

「残り一床ですが」

「そうか……」

「どうしましょうか」

「いいよ、廊下で」

「え? 今、何ておっしゃいました?」

「ウソウソ、そうだな、池田さんを手前の大部屋に移して、奥の個室を準備しておいてもらおうか」

「はい、わかりました、で、患者さんのお名前は?」

「名無しの権兵衛、いや違った、名無しの権子だった……」

一つ大きな溜息をついて、ベテランが受話器を置いて振り返ると、三人の学生が所在なげに突っ立っている。

「お、おい、なにやってんだ、患者さんはもう病室に向かったぞ！」

「は、はい」

「何から何まで言わないと、おまえさんたちゃ動けねえのかい？」

「あ、あのう……」

「何だ？」

「脳が腫れているっていうのは、どういうことなんでしょうか？」

脳の中には脳室や脳槽と呼ばれる場所が存在する。通常、この中には髄液と呼ばれる液体が詰まっており、脳はこの髄液の中に、いわば浮いているような格好になっている。

正常の場合、モニター上で白っぽく見える脳味噌そのものに対して、こうした脳室や脳槽は、黒っぽくくっきりと映し出されるのである。しかし、目の前のモニターに映し出されている患者の脳には、そうした黒白のメリハリがほとんどと言っていいほど認められていない。つまりこれは、脳味噌がパンパンに腫れあがって、脳室や脳槽を圧迫してしまっていることを意味している。

「脳神経外科の講義で教わらなかったのかい？　いわゆる脳浮腫ってやつだよ」

「脳浮腫……ですか」

殊勝にも学生たちの自発的な質問ではあるのだが、そう、学生時代を思い出して我慢、我慢である。

少々時代遅れのたとえにはなってしまうのではあるが、ここに豆腐をいれたアルマイトの弁当箱があるとしよう。もしこれを力任せに壁にぶつけたとしたら、いったいどうなるだろうか。

弁当箱はすこし凹《へこ》むか、せいぜいヒビのはいる程度ですむかもしれない。しかし、中の豆腐は、おそらく原形をとどめぬほどに崩れてしまっているだろう。

頭部外傷では、実はこれと同じことが起こっているのである。

高所から墜落することによって、少々のことではびくともしないはずの硬い頭蓋骨が、粉々になってしまうほどの力が頭部に加わっている。本来なら頭蓋骨によって保護されているはずの脳味噌も、弁当箱の中の豆腐よろしくグシャッと潰れてしまう、それが脳挫傷と呼ばれる病態である。

そしてこの脳挫傷の部分は、脳細胞が破壊されるだけではなく、そのことによって大きく腫れ上がってきてしまう。組織の破壊そのものよりも、実はこちらの腫れの方が大きな問題なのである。

それはちょうど、ボールの当たったところや捻挫した関節が、最初はなんともなくとも、時間が経つと腫れ上がってくることに似ている。

そのように腫れ上がって脳がむくんでいる状態を、脳浮腫と呼ぶのである。

「捻挫した関節なんぞは、どれほどむくんで腫れ上がったところでたいしたことはないんだが、脳はそういうわけにはいかないんだ」

「……？」

「脳味噌ってえのは硬い頭蓋骨で囲まれてるだろう、腫れ上がりたくても限度ってものがあるんだ、脳室や脳槽を潰してぎりぎり一杯までパンパンにむくんでしまうと、早い話、脳に血が通わなくなってしまうんだよ」

「それって、いわゆる脳死ってやつなんですか、先生」

「その通りだ」

確かに外傷が頭部だけだったら、脳死状態に陥ってしまうことが考えられる。しかし、この患者はそれだけではない、骨盤も胸もやられているのである。

「確かにその通りなんだが、この患者はおそらく脳死状態になるまではもたないよ、出血多量で血圧が維持できずに、よくて数時間ってとこだろうな」

「手術かなんかで、こう、どうにかならないんでしょうか？」

「手術？　手術で何とかできるなら苦労はしないさ」

「はあ……」

「手術室からは生きて帰って来れないよ、おそらく……」

ＣＴスキャンの、いま焼き付けられたばかりの写真を手に持ちながら、学生たちの尻をひっぱたいていく。

「さ、行くぞ、行くぞ！」

「……あ、あのう」

「なんだ、まだ質問か?」

「はあ、さっき、先生、この患者さんは廊下でいいとおっしゃっていましたが、どういう意味なんでしょうか」

「ん? おまえさんたち、フットワークが悪い割には、つまらねえことだけはしっかりと聞いてるじゃねえか」

「ええ……まあ」

ベテランの足の運びが、心なしかゆっくりとなる。

「いまの患者を、集中治療室のベッドの上じゃなくて、ストレッチャーに乗っけたまま廊下に置いとけばいい、なんて言ったのは、そりゃもちろん冗談だよ」

「……ええ」

「しかし、これは救命センターの医者の本音だろうな、なんて言うと、また若い連中に叱られちゃうかな」

「……?」

集中治療室に向かう階段の踊り場で、ベテランの足が止まった。あたりを窺うように、声の調子が少し低くなる。

「おまえさんたち、『人の命の価値に上下はない』っていう命題、こりゃ○かい、それとも×かい?」

学生たちが顔を見合わせる。

「おまえさん、どう思う？」

「ぼ、僕ですか、〇です」

「ほう、そうか、じゃ、おまえさんは？」

「〇ですよ、もちろん」

「もちろんときたか、じゃあそっちは？」

「そうですね、先生の顔には、×って言え、って書いてありますよ」

この学生、人の顔色を見るのだけは、どうやら一人前のようである。

「正解は、もちろん〇だ、しかし……」

「えっ？」

ベテランの声が、再び小さくなった。

「心拍数が落ちてきました、五〇を切りましたね」

「血圧は？」

「四〇です」

「輸血のトータルは？」

「えーと、全部で三二単位です」

「六〇〇〇を超えたか……仕方ねえな、勘弁してもらおう」

集中治療室の最も奥まったところに個室がある。窓のブラインドは固く閉ざされ、差し込んでくるはずの春の日差しが遮られている。部屋の中には、しかし蛍光燈が煌々と輝いている。

患者の心拍に同期した、ピッ、ピッ、ピッというベッドサイドモニターの電子音と、空調の低い唸り音だけが聞こえる部屋には、受け持ちの看護婦と研修医、そして腕組みしたベテランがいる。

その後ろから、学生たちがベッドサイドモニターを、遠目に見つめている。

――ど、どれが血圧だって？

――ほら、あの赤い数字がそうだよ、心拍数は緑の数字……

――ああ、なるほど、わかった、わかった

「で、身元はわかったのかい？」

「ええ、警察からご家族には連絡がついていて、いま病院に向かってるそうです」

「そうか、何とか間に合うかな」

――じゃあ、あの一番下の黄色い数字はなに？

――呼吸数、じゃないのかなあ……

ベテランの想いも知らずに、学生たちはメモをとるのに余念がない。

「先生、ご家族がおみえになりました」

ベッドサイドモニター上の緑の数字は、二四とある。血圧を示す赤い数字は、上が二〇、下が一五となっている。画面に映し出されている波形は、とても心電図とは思えないほどの異常なものではあるが、しかしそれでもまだ、一定のリズムを保っているようだ。

　まだ、心臓は、動いているのだ。

「何とか、間に合った、みたいだね……」

「『人の命の価値に上下はない』っていう命題、こりゃもちろん○だよ」

　しかし……ベテランの頭の中には、収容できなかった、あの患者の姿がよぎっている。

　消防庁の情報からみて、足場から転落したあの患者のやられている部位はきっと頭に違いない、だとすれば、その生死を分けるのは、一分一秒を争う診断であり処置であり、そして手術であるはずだ。

　しかし、一番近い隣の救命救急センターまで、この時間帯では、どんなに救急車を飛ばしてもやっぱり三十分はかかってしまう。

　間に合ってくれればいいが……

「だって、飛び降りのあのケガじゃ、どうやったって助かりゃしないぜ」

「……でも、それは、レントゲンとかの検査をした結果としてわかったこと、ですよね」

「もちろんだよ、だから困っちゃうのさ」

「……ひょっとして、先生は、飛び降り自殺を図った人間の命より、工事現場で労災事故に巻き込まれた人間の命のほうが、大事だっておっしゃるんですか？」

「そうだ……って言ったら、どうする？」

「いや、しかし、それは……」

「そうだよな、それは口が裂けても言っちゃいけないことだよな」

『自殺』というものに対しては、さまざまな考え方があるのだが、代表的なものとしては、『自殺企図』＝『病気』というものがある。自ら命を絶とうなんて考える連中はどこかおかしいのだ、まっとうな人間が自ら死を選ぶはずがないではないか、というわけである。

こうした考えに立てば、すべての自殺企図患者は、異常者として病院に収容され、治療されるべき対象となるのである。

そこまでつきつめて考えなくとも、目の前に傷ついた人間がいれば、たとえそれが自損行為の結果ではあったとしても、全力を尽くして救命を図ろうとするのは医者としてはごく自然なことであると言ってもいいだろう。

だが、同時に複数の患者が発生し、助け得る患者の数が限られているとしたらどうであろうか。

「先生は、自殺患者よりも、労災事故の患者を優先するっていうわけですね」

「本音のところでは……きっとそうだろうな」

「それは、でも……許されないのではないでしょうか」

学生達の言うことは、正論である。

「お気の毒ですが……」

飛び降り患者の死亡が宣告されたのは、その家族が到着してから十五分ほど後のことであった。

お力になれませんでした、と頭を下げる主治医に、いえ、先生たちのおかげで、なんとか死に目にあうことができましたから、それだけで、私どもは充分です、と残された家族は語ってくれた。

いつかこんな日がくるに違いないと覚悟していたと言う夫は、たとえほんの短い時間ではあっても、最後はそばについていてやることができましたから……と、涙を流しながら、霊安室に向かった。

我々救命救急センターのスタッフの役割の一つに、避けられぬ患者の死を、残された家族に納得させ、受容させるということがあるのだとしたら、今回の自殺患者に対しても、それなりに務めを果たしたと言ってもよいかもしれない。

しかし、その間に発生した、別の救急患者に対する責任はどうなるのか……

『救急医療』は、『地域医療』であるといわれる。ある地域に発生した救急患者はその地域の中で適切な医療を受けられるようにしなければならない、つまり『何時でも、何処でも、誰でも』受けられるということが、救急医療のモットーなのである。

かつて、救急患者の『タライ回し』ということが社会問題になったことがあった。地域の中で救急患者を即座に受け入れてくれる救急医療施設が整備されていなかったために、助かるはずの命が無惨に散っていったという時代があったのである。

そんな情けないとも、悔しいとも思える事態を繰り返さないようにとのことで整備されたのが、いわば『最後の砦』としての救命救急センターなのである。

つまり、救命救急センターの第一の使命は、その地域に発生した救急患者の遅滞ない収容ということにあるのだ。そして「この地域に起きた救急患者はオレたちに任せろ」というのが、救命救急センターのスタッフの矜持《きょうじ》である。

しかしながら、そんな救命救急センターといえども、スタッフの数が限られ、またベッドの数も有限である以上、その収容能力には限界が存在する。

だからこそ、複数の救命救急センターがネットワーク化されており、そうした救急医療情報の集中的なコントロールを行うべく、例えば東京で言えば東京消防庁の総合指令室といったような、救急医療情報センターが、地域ごとに設けられ活動しているのである。

「だから、先生、先ほどの工事現場で誤って墜落してしまった患者さんは、別の救命救急センターへ運ばれたんでしょ?」

「そういう意味では、ちゃんと救急医療システムは、機能しているんではないのでしょうか」

学生たちの言うことは、ここでも一々正論ではある。

「おまえさんたち、ほんとにそれでいいのかい?」

「は?」

学生たちは、不思議そうに顔を見合わせる。

「きっちりと機能した救急医療システムの中で行われたことだから、最悪、命を落としてしまうという結果になったとしても、それは構わないってことだな」

「ええ、しょうがないと思います」

「しょうがないって言うのか？　もし、誤って転落してしまった人が自分の父親だったとしても、かい？　あるいはそれが交通事故だったとして、患者が暴走バイクにはね飛ばされた何の落ち度もない歩行者、そしてその歩行者がおまえさんの恋人だったとしても、やっぱりしょうがないって思えるのかい？」

「そりゃ先生、たとえが極端すぎますよ」

一人の学生が口をとがらせる。

「極端？　足場から落ちた人間にも、妻もいれば、きっと子供もいるはずなんだぜ」

「…………」

「俺たちゃ、そんな現実を知らないですませているだけなんだ」

「でも、やっぱり……」

「妻や子が、その夫が直近の救命センターに運ばれずに命を落とす羽目に陥り、その理由がこともあろうに、自らの命を絶とうとした人間なんだと知ったら、どうだろうか、それでも、その夫の死を納得できるんだろうか……」

「それは……」

「俺だったらこう叫んでるよ、おいおい、そんな死にたがってる人間なんかほっときゃいいじゃねえか、そんな奴より俺の女房を助けてくれ、ってね」

「………」

「自殺患者の家族には、その死に目に間に合わせることで納得を得られるかもしれないが、現場から遠く離れた救命センターで命を落とさざるを得なかった患者の家族が感じるであろう理不尽さを慰める、そんな術《すべ》を、俺は知らないな」

学生たちは不満そうである。

「ま、きれいごとや、建て前じゃない本音のところでは、厳然として命の価値の上下があっていう、そういうお話さ」

「はあ……」

学生たちは、まだおさまりがつかないらしい。

「もちろん、だからどうしろ、と言ってるわけじゃないんだぜ、ただ、こうした現実があるってことだけは、おまえさんたちにも知っておいて欲しいんだよ」

ケガや病気に立ち向かうことなぞ、それが医者の仕事だと思えば、それこそ何の苦もありません。しかし、我々が戦っている相手は、決してケガや病気ばかりではないのです。たまたま一人しか患者を収容できないタイミングに、自殺患者と労災患者がだぶってしまったような時の、こんな葛藤こそは、我々救命センターの現場の医者の知られざる戦いと呼んでもいいかもしれません。

もちろん、こんなことが頻繁におこるわけではありません。

言うまでもなく、自殺の患者さんといえども、我々は全力を尽くさなければなりませんし、手を抜くことは許されません。そして、こんな言い方はまた不謹慎であると非難されるかもしれませんが、飛び降りで担ぎ込まれてきた患者を診ることで、学生達は多くの知識や技術を修得し、また我々としてもそうした患者さんに対する治療の中で獲得したノウハウを、それこそ絶対に助けなければならない労災患者に役立てているのです。いえ、そうとでも考えないと、やり切れない場合もあるということなのです。

システムとしてあるいは全体として見たときには許容できることではあっても、その中に巻き込まれてしまった個々の人間の視点で見ると、そう簡単に割り切れることばかりではありません。

「どうして、自分が後回しにされなきゃならないんだ……」

「何故、自分の家族だけが、貧乏くじを引かされるんだ……」

こんなやり場のない思いが渦巻いているのも、また、救急医療の現場なのです。

たかだか一週間程度の実習で、学生がレントゲン写真を読めるようになったり、難しい病態生理を理解できるようになるはずはありませんし、こちらとしても、そんなことを、学生たちに期待なんぞはしていません。

この下町の救命センターの実習で学生たちに知ってほしいこと、実はそれは、こうした医療現場の生《なま》の思いなのです。

華やかな最先端の現代医療の裏にある忘れられた、あるいは陽のあたらない、それこそ割り切れない現実を、そしてそれに直面している患者やその家族、医者や看護婦のやり切れない思いというものを、これから医療の最前線に出るであろう学生たちにこそ、ぜひ知っておいてほしいのです。


さてさて、ずいぶんと長い手紙になってしまいました。

この最後の手紙があなたに届く頃は、きっとじめじめとした梅雨の真っ最中でしょうか。

救命センターという医療の最前線にいる我々の思いを、ちょうど研修医や学生たちに伝えたいのと同じように、あなたに書き綴ってきました。

下手くそな、身勝手な手紙になってしまったかもしれません。もしそうだったとしたら、どうぞお許し下さい。

本当は、もっともっとお伝えしたいことがあるのですが、でも、残念ながら、もう便箋がなくなってしまいました。


それでは、またいつか、鬱陶しい雨が、からりと晴れ上がった頃にでも、お手紙を差し上げることにしましょう。

その日まで、どうぞご自愛下さいますように。

草々

II

大往生

救命救急センター——近ごろの流行《はやり》である。

『ドキュメント救命救急最前線！』『潜入ルポ救命センター二十四時！』『暁の救命救急センター』……新聞のテレビ欄にはこんなタイトルがひっきりなしに登場する。

番組としてはいかにも安直なつくりではあるのだが、関係者によれば、確実に視聴率の獲れるものらしく、企画もなければ予算もない、などという時期には重宝される類《たぐい》のようだ。

事実そんな日は、我が救命救急センターの当直スタッフはテレビの前に集まって、「ありゃ、ヤラセだな」「そんなこと、あるわけねえだろ」「きれいごとしか言わないんだから、まったく」なんぞと、ワイワイガヤガヤ、視聴率アップに、確実に貢献している。

そういえば、NHKの連続ドラマで『救命救急医物語』なるものが、最近放映されていた。実際にはお目にかかれそうにもない美形の女医が主人公である。たしか、医者としての第一歩を、救命救急センターの研修医として踏み出した、という設定であり、悲喜こもごものエピソードを通して、その女医が一人前の医者に成長していくという、同業者としては、なんともはや、顔が赤らんでしまうようなストーリーであったように記憶する。

その連続ドラマが、どれほどの視聴率を獲得したのか知る由もないが、事ほど左様に救命センターなるものが一般にも知れわたり始めている。

だが、実際の救命センターは、そんな絵に画《か》いたような話ばかりではない。むしろ、できることならば目にしたくはないような人間の弱さ、脆《もろ》さ、そして現代医療の非情さあるいはひょっとすると滑稽さといったような、それこそテレビでは決して語られることのないドラマのひしめいているところが、救命救急センターなのかもしれない。

そんなところの生活が、ずいぶんと長くなってしまった一介の臨床医が、胸の中に浮かんでくることを、思いつくままに綴ってみようという趣向である。

さて、流行と言えば、巷《ちまた》ではいま『大往生』なる言葉が受けている。

今回は、救命救急センター版『大往生』のお話である。

夜半からの雨も上がった。

何もない静かな当直であった。朝の勤務交代まであと二時間ほど、このまま何事もないようにと思いつつ窓を開けると、どんよりと湿気を含んだ空気が体にまとわりついてくる。

こんな時は、しかし、あたりが明るくなるころ、決まって、やっかいな患者が担ぎ込まれてくるんだよな……なんぞと思いながら、苦いモーニングコーヒーをすすっていると、案の定、壁際の電話が金切り声をあげる。

救命救急センターにはつきものの、消防庁からの患者の収容要請である。

「はい、救命センターですが」

「先生、いつもお世話になります、患者は九十二歳の女性で、主訴は意識障害とのことです、住所は……」

電話の向こうで、指令官のモノトーンな声が響いている。

こちら側では、しかし、手にしていたコーヒーカップを思わず床に落としそうになる。

「お、おいおい、な、なんだって？ 今、歳が幾つだって言った？」

「はあ、だから、九十二歳なんです」

当直医はしばらく絶句である。

「……で、どんな状況なの？」

「はあ、一緒に住んでいる家族からの救急要請なんですが、なんでも、明け方いつものようにおばあちゃんを起こしにいったところ、息をしていなかったということらしいんですが……」

「あそう、で、現在の状態は？」

「はい、現在、心肺停止状態なんです」

「ナニ？　心肺停止？」

「……はあ」

「なにか既往はあるの？」

「特にこれといったものはないそうです、ただ、最近は足腰が弱ってきて、ほとんど寝たきりだったようですが」

「そう、で、なに、そのおばあちゃんを、救命センターへ運ぼうってえのかい？」

眠気も加わってか、当直医の語気が少々荒くなる。

「そ、そうなんですよ、先生、呼吸と脈が止まってしまってから、だいぶ時間も経過しているようなので、現場の救急隊も、救命センターへの搬送の要なし、と判断しているんです、それが……」

「それが？」

「そ、それがですね、ご家族の方が、頑として譲らないらしいんですよ」

「ん？」

「いえね、何としても救命センターへ運んでくれっておっしゃってるんです」

カップの中の、冷めたコーヒーを一気に飲み干し、受話器に唾を飛ばす。

「おいおい、勘弁してくれよな、いつも言ってるじゃねえか、救命センターっていうところはだな……」

「いや、先生、それはもう充分承知しているんです、充分承知してはいるんですが、何分ご家族がですね……」

さっきまでの事務的な調子は影を潜め、泣きが入ってくる。

「そこを先生、ひとつなんとか……」

「ええい、分かった、分かった、いいよ、連れといで」

「あ、ありがとうございまあす、十五分ほどで着くと思います」

指令官の、打って変わった嬉々とした声とは裏腹に、当直医は溜息混じりに受話器をおく。

「救命センターを一体なんだと思ってんだろうな、まったく！」


救命救急センターが取り扱うべき患者には、確かに心肺危機に陥ってしまっている患者がいる。これには重症の心不全や呼吸不全だけではなく、心肺停止状態の患者も含まれる。だからといって、心肺停止なら何でもかんでも救命救急センターに運んでよいというわけではない。


救命救急センターというところは、本来若年者や生産年齢にある患者、すなわちこれから人生を歩まなければならない若者や、一家の大黒柱と呼ばれる働き盛りの人たちのために設置されているのである。

そしてそんな人たちの陥った予期せぬ突然の心肺停止に対して、諦めることなくとことん救命の努力を続けることは、救命救急センターにとってはまさしく面目躍如といったところだろう。

末期癌患者や、老衰としかいえないような高齢の心肺停止患者は、残念ながら救命救急センターの対象とはならないはずである。

だが、そんなわかりきったことを、今、東京消防庁の指令室とのホットラインで押し問答をしていても始まらない。こんな時困り果てているのは、家族から突き上げられている現場の救急隊なのだから。

しかし、そんなほとんど寝たきりになってしまっているような患者を救命救急センターに運んで、その家族は、我々に一体、何をどうしろというのか……

「先生、お世話になります」

「はいはい、このおばあちゃんかい」

ストレッチャーには、毛布でくるまれた寝巻き姿の老婆が横たわっている。その幾重にもシワが刻まれた顔は、すでに土気色をしている。

「毎朝、六時になるとご家族が起こしにいくらしいんですが、今日は、いつもと違って返事がなかったので、それでよく見ると息をしていなかったと……」

「で、救急車を呼んだってわけかい？」

「はあ、ということのようですが……」

救急隊の隊長が、なんとも申し訳ないといった顔で、状況を報告してくれる。

心肺停止の患者を運んできた時、いつもならそんな情けない顔を、救急隊は我々には決して見せやしない。それどころか、額から汗をしたたらせ、肩で息しながらも、完璧な人工呼吸や、心臓マッサージをやってきたという自負に満ちた、生き生きとした顔を向けてくる。死の淵までいった患者の蘇生を第一の目的に誕生した救急救命士、まさしく彼らの腕の見せどころなのだ。

ところが今回ばかりは、どうやら事情が違う。

患者は、救急隊の操るストレッチャーから、救急処置室の固い処置台の上にすでに移されている。いつものように何人もの医者や看護婦がその処置台を取り囲む。

あるものは心臓マッサージを救急隊に代わって行い、あるものは心電図モニターの電極を患者の胸に貼り付け、モニターを凝視する。またあるものは薬剤投与に不可欠な管を静脈内に挿入しようと患者の肩のあたりに消毒薬を塗り付け、あるものは膀胱内から尿を導き出す管を入れようと会陰部をのぞき込む。

「心電図は？」

「フラットです」

「瞳孔は？」

「完全に散大しています」

当然のことながら、呼吸もない。ひと昔前なら、それで臨終と呼んでいい状態である。

しかし、枕元に立った医者は、人工呼吸を実施すべく、患者の気管の中に管を挿入（挿管）しようと手ぐすねをひいている。

「先生、挿管しますよ！」

「お、おいおい、ちょっと待てよ、口は開くのかい？」

　挿管するためには、まず患者の口を開けなければならない。

「……そうですね、固いですが、何とか力ずくで……」

　いやはや、まったくもって救命救急センターに配属されたばかりの若い研修医たちは元気がいい。口を開けるためにかなりの力を必要とすること、それを普通は、顎が固いという。その顎が固いという状態、それをもっと分かりやすく言うと、すでに死後硬直が始まっているということなのである。

　挿管ということは、かなりの熟練を要するもので、救命救急センターにやってくる研修医にとっては、修得すべき重要な技術の一つではあるのだが、目先の技術の修得にとらわれている研修医には、先ほどの救急隊の情けない表情が目に入ってないらしい。いや、たとえ目に入っていたとしても、その意味は分かっていないようだ。

　一つでも多くの機会を利用し、自らの技術に磨きをかける、それはそれで大事なことではあるのだが……

「いや、挿管するのはやめよう、酸素マスクだけを当てといてくれ」

「何とか口は開きそうですが……」

「いいから言われたとおりにしろ！」

「……？」

「アドレナリンはどうしましょうか、点滴のルートは何とか確保しましたが」

「そいつもいらない」

「心臓マッサージは？」

「そうだな、心臓マッサージだけはやってくれ、ただし、本気でやるなよ、この婆さんじゃ、肋骨《あばら》がバラバラになっちまうからな」

患者には酸素マスクがあてがわれ、形ばかりの心臓マッサージが行われている。

どうやら、幕引きのための舞台装置は整ったようである。

「息子を呼んでくれ、引導を渡すから」

恨めしそうに見上げる研修医の視線を背中に感じながらも、やっぱり、決断は下さなければならない。

いつ呼吸と心臓が止まったかも分からない、足腰の立たない高齢者に対して、ましてすでに死後硬直が始まりつつあるような状況で、引導を渡す以外に、いったい我々に何ができるというのか……

先ほどまでの喧噪がまるで嘘のようにおさまり、救急処置室の中には、心臓マッサージに同期した心電図モニターの電子音だけが響いている。

「息子さんですか、おばあちゃん、何か病気があったんですか？」

待合い室の固いベンチに座っていた患者の息子が、処置室の中に案内されてきた。

「いえ、特に……でも、最近はずいぶんと弱ってきたようで、ここ何日かは、食事もろくに食べていなかったんです……」

医者の質問には背を向けたまま応え、その視線は、患者の顔に注がれている。

「そうですか……おばあちゃん、どうも、心臓が止まってからだいぶ時間が経ってしまっているようですね」

「はあ、救急隊の方にも言われたんですが、やっぱりそうですか……」

「これ以上やっても、とても……」

「…………」

「残念ですが……」

息子の背中ごしに、心電図モニターの傍らにいる看護婦に目配せをする。モニターのスイッチを切れというシグナルだ。心臓マッサージを続けていた研修医の背中をこづきながら、これまたマッサージを止《や》めろという合図を送り、壁の時計を見上げる。

午前七時三十五分、死亡確認。

老婆が、この救急処置室に担ぎ込まれてきてから、まだ十分そこそこしか経っていない。どんな表情をしていいのか迷っているように見える息子を別室に招き入れ、この後の事務手続きを説明する。

処置室では、患者の体から点滴の管や導尿用のカテーテルが引き抜かれる。髪をきれいに梳かし、そして、死出の旅路の準備である。

「……ところで、さきほどの救急隊から聞いたのですが、どうしても、救命センターへ運んでほしかったんですって？　おばあちゃんを」

死亡時の型通りの話が終わった後、少し生気の戻ってきた息子に話しかける。

「ええ、そうなんです」

「そりゃまたどうして……」

「……私、何としても、母を、大往生させたかったんです」

「だ、大往生？」

我々が子供だったころ、年寄りの具合が悪くなった時、真っ先に呼ぶのは救急車ではなく、かかりつけの医者だった。長いつきあいの医者は、たとえそれが真夜中であろうと、いやな顔一つせず往診し診察してくれたものである。

そんな年寄りが、いよいよダメだという時には、どこの家にもあった仏壇のある座敷に布団を敷き、患者を寝かせた。

今晩か明け方あたりが危ない、ということになると、医者から声がかかる。

「そろそろだね、みんなを呼んだ方がよさそうだ」

あちこちに散らばっている子や孫が呼び寄せられ、座敷に寝かされた患者の周りに膝を詰める。

家族の者たちが見つめる中、そのかかりつけの医者は、浮きあがった患者の静脈の中に、効くのか効かないのかわからないような怪しげな注射を何本か射ち、そして、患者の脈をじっととっている。

そんなことが何度か繰り返された後、患者は一つ息を大きく吸い込み、そして微動だにしなくなる。

脈をとっていた医者が、患者の手をそっと布団の中に戻す。

一瞬、皆の視線が医者の口元に集まる。

「ご臨終です」

その途端である、おじいちゃん、おじいちゃん、と周りを取り囲んでいた家族が泣き声をあげる。

患者をこの世に呼び戻そうとする声がひとしきり続いた後、かかりつけのその医者が、ほっとした表情で口に出す。

「おじいちゃん、いい死に方だね、苦しまずに、長患いもせずに逝ってくれた、大往生だよ」

この一言で、遺された家族は救われ、そして今度は、患者をあの世に見送る泣き声を張り上げるのである。

だが、救命救急センターに運ばれてきた時はそんな訳にはいかない。

なにしろ、その名が示すとおり、「救命」を目的に設置されているところである。ありとあらゆる手段をつくし、とことん救命を目指して必要な処置を施していく。片方では、そうした処置を学ぼうという若い研修医が腕まくりをしているのだ、そう簡単には匙《さじ》を投げるはずがないところなのである。

ようやく三途《さんず》の川を渡り終え、向こう岸にたどりつこうとしている年老いた人間の首ねっこをひっつかんで、こちら岸に無理矢理つれもどしにかかるのだ。

確かに現代の医学を駆使すれば、ちょっと前に止まってしまった心臓を再び動かすことぐらい朝飯前である。

しかし、そのために患者には、体中に針や管がつっこまれ、強力な薬剤が投与される。おまけに心電図モニターや、人工呼吸器、果ては人工心肺などといった仰々しい電子機器までその身にまとうことになってしまうのである。

「よっしゃ、心臓が動きだしたぞ!」

患者が、まるで修理中のロボットのように冷たく横たわっているストレッチャーの傍らで、心電図モニターを凝視していた研修医が小躍りして声をあげる。

逝きはぐれてしまった患者は、救命救急センターの中の奥まった個室に移され、ブラインドがおろされた窓を背にして据えられたベッドに寝かされる。

そのベッドの右側には人工呼吸器が置かれる。左側には尿のたまった袋がぶら下げられる。そして何本もの点滴台がベッドの周りに立ち並ぶ。その点滴台に向かって、患者の手足からいく本ものチューブが延びている。そして肩口からは、胸に貼られた心電図の電極のコードが導き出されているのだ。

そうそう、忘れてはならないのが、テレビ受像器のようなモニター、これは患者の頭の上の棚に載せられている。このモニターには、心電図のみならず、血圧、呼吸数、そして体温などが、刻一刻リアルタイムで表示される。そして心拍ごとに、ピッ、ピッ、ピッという電子音が発せられる。

これが現代の仏壇の姿であり、鈴《りん》の音である。

救命救急センターからのこんな死出の旅路を、いったい何時《いつ》から大往生と呼ぶようになったのか。

畳の上で、家族みんなに囲まれて、苦しむこともなく、眠るが如くにこの世を辞していく、それが大往生というものではなかったのか。

「そうでしょうか、先生、たとえ寝たきりの年寄りにだって、とことんやるべきことをやってから、それでもダメだったら、それこそ寿命だとあきらめる、それが大往生ってことだろうと思いますが」

若い研修医が不服そうに言う。おそらくあの老婆の息子も同じように考えたのだろう。

「そのとおりかもしれんな、こりゃもう寿命だからっていって、手を引いてしまうことは許されないのだろうな」

「でしょ、だからやっぱり、とことん……」

もちろん、神ならぬ身には寿命かどうか知る由はない。

だからといって、とことんやり続けるということは、遺される側、見送る側の、そして医療者側の、浅薄な自己満足にしかすぎないのではないのか。「とことん手を尽くす」ことと、「痛めつける」こととは紙一重なのである。

もし、神にかわって寿命を告げることができる人間がいるとすれば、何年にもわたってその患者にかかわり続けてきた、本当の意味でのかかりつけの医者だけであるに違いない。

それは、正しく寿命を言い当てられるからではなく、「あの先生が寿命だというなら、寿命に間違いない」と、遺される家族が確信できるという意味において、である。

救命救急センター、なんとも立派な名前を頂戴している。

その名が示すとおり、わずかな可能性にかけて、あの若い研修医たちのように、とことんどこまでもやり続けるべきなのかもしれない。もちろん若い連中にはそんな気概を持っていてほしいと思う。

だが、彼らは知っているのだろうか。

とるものもとりあえずすっ飛んできた家族が、愛する患者に頬ずりしようにも、口や鼻には管が入れられ、それを固定する絆創膏が顔一杯に貼られている、体をさすってやろうにも、か細い手足には点滴が突き刺さっている、肩を揺すれば、心電図モニターの波形が乱れて、ヒステリー女の叫び声にも似た警報音をモニターがわめきたてる、胸に手をおくと、心臓マッサージで折れた肋骨が、呼吸のたびにギシギシと音をたてる……

患者にも、そしてその患者の家族にも、それほどまでにつらい思いをさせたところで、しかし、ひとたび三途の川の向こう岸に足を踏みいれてしまった命が、そう簡単に蘇《よみがえ》るはずはない。動きだした心臓が、再びその鼓動を止めるのは時間の問題である。

いよいよの時、患者の顔を見る者はいない。誰もが見つめているのは、頭の上のモニターである。そして、その心電図が一本線になったときこそが、患者の死の瞬間とされるのである。

それが、現代の救命救急センターの『大往生』なのだ。しかしながら、救命救急センターに担ぎ込まれた患者のそんな最期の姿は、槍や刀剣を全身に受けて逝ったあの弁慶の立ち往生に等しい。

救命救急センターがかかりつけ、なんぞという患者がいない以上、我々にできることは、せいぜいがそんな情けない臨終の宣告でしかないのだ。

だからこそ、安らかに死を看取りたいと思うなら、そして患者を大往生させたいと願うのであるならばなおさらのこと、こんな救命救急センターなんぞに運んできてはならないのである。

納得しかねているような息子を、老婆の亡骸《なきがら》とともに霊安室に残し、少しばかり外の空気を吸いに出る。

雨上がりの朝が、しかし、いつもいつもさわやかだとは限らない。ねっとり湿った空気が、あたりを支配し続けることだってあるのだから。

当直明け

「先生、電話です」

一睡もできなかった当直がようやく終わり、やれやれ、やっと一息、医局で遅いモーニングコーヒーでも味わおうかというときである。

「電話？　なんだ、また消防庁から患者の要請かい」

「いいえ、医事課からです」

「医事課？」

疲れがどっと吹き出てくる。どうせ、ロクでもない話に違いない。

当直明けの一番つらい時にかぎって、やっかいな電話が舞い込んでくる。しかもそれが医事課からとなれば、もう疑う余地はありゃしない、長年の経験からの結論である。

「わかった、わかった、しょうがない、こっちに回してくれ」

早いところ決着をつけて、ひと眠りといきたいが、今朝のコーヒーはいつになく苦そうである。

「何だい、こんな朝っぱらから！」

受話器に向かう声が、ついつい大きくなってしまう。電話の向こうの、医事課の職員にはもちろん何の罪もないのだが、電話をかけた相手が悪い。

「は、はい、実は、そのぉ、患者さんのご家族が、ですね、えーと、先生のお話をお聞きしたい、ということで、そのぉ、お見えになっているんですが……」

か細い声が聞こえてくる。

——そおら、案の定、思った通りおいでなすったな、医事課の持ち込んでくる家族の話というので、これまでいい思いをしたことなんぞ一度もありゃしないんだから……

「やだよ、俺は、当直明けで寝てないんだから、勘弁してよ」

「そ、そんなことおっしゃらずに、先生、頼みますよぉ」

電話の向こうは泣き声である。

どんな病院にも、医事課と呼ばれるセクションがある。

患者の治療費を算定することが、医事課に与えられた最大の仕事である。そしてその治療費を診療報酬として医療保険に請求し、またその内の何割かを、自己負担分として患者自身に請求するのも、医事課の仕事である。

治療費の算定は、わずかな見落としもないように徹底して行われる。ガーゼ一枚、注射針一本にいたるまで、目を光らせている。

また、患者からの治療費の取り立てにも執拗なものがある。取れるところからは、それこそ、日本全国、果ては海外までもとことん追いかけて頂戴するというぐらいの気迫がある。病院にとっては、収入の部分を一手に引き受けているのであり、いわば病院経営の生命線である。それぐらいの意気込みは、当然だと言ってもよかろう。たとえ国公立といえども、膨大な財政赤字のもと、赤字経営を余儀なくされている病院では同様である。

しかしそれだけではない。医事課はまた、どこの科の、なんていう医者の、稼ぎがいいのか悪いのか、そのすべてを把握しているのである。稼いでいれば文句はないが、稼ぎが悪けりゃ、それこそ我々医者の尻をひっぱたいてくる。

先月の収益、先生のところは、ずいぶん落ちていますね、なんぞとささやかれると、医療は金儲けじゃねえや、ときれいごとのひとつもほざいてみたくはなるが、反面やっぱり背筋に冷たいものが走ってしまうのも、しがない勤務医の性《さが》である。

そんな医事課からの猫なで声の頼み事である。意地悪く対応してみたくなるのもまた、人の常ではあろう。

「なんの話を聞きたいってんだい、いったい」

「はあ、十日ほど前に救命センターに収容された患者さんのご家族なんですがね」

「誰？　まだ入院しているのかい」

「いえ、数時間ほどで亡くなられてしまったんですが……」

どうやら、話の筋が読めてきた。まず間違いなく、治療費の支払い拒否である。


例えば交通事故を例にとってみよう。

事故発生は金曜の夜十時ごろ、四〇〇ccのバイクが暴走し、カーブを曲がりきれずにガードレールに突っ込む。

救急車で救命救急センターに担ぎ込まれた時、患者はすでに意識がなく昏睡状態ではあるが、かろうじて血圧が保たれている。

全身を診ると、耳から出血しており、頭蓋骨の骨折が疑われる、右手は、肘の所でパックリ割れて骨が飛び出ている、左足の太股《ふともも》が大きく変形しており左大腿骨骨折は確実である。

救命処置を施している間に、みるみる腹が膨れてくる、腹の中に出血していることも間違いない。

電光石火の早業《はやわざ》で、全身のレントゲン検査、CT検査を終え手術室に飛び込む。

イチかバチか、救命のために頭と腹の同時手術が始まる。

右手は切断するしかない。

輸血はAB型の濃厚赤血球液と新鮮凍結血漿《けっしょう》それぞれ三〇単位を用意してある。

頭はなんとかなりそうだが、腹は、肝臓が粉々に破裂しており、更に輸血を二〇単位追加オーダーする。

しかし患者は、懸命の止血努力にもかかわらず、出血多量のため術中死となる。時刻は午前二時を少し回っている……

仮にこんな場合だとしよう。

救命救急センターに担ぎ込まれて、あしかけ二日間にわたる、深夜の緊急開頭、開腹手術、おまけに大量輸血……とくれば、間違いなく医療費は二百万、いや三百万円は下らないと思われる。

さて、その医療費はいったいどうなるのか。

その請求書は、身元が判明しその所在が明らかとなった患者の遺族の許に、我が医事課から確実に送付されるのである。

相手のいない単独事故で、おまけに患者が高校生で無免許なんぞとなれば、医療費全額がその遺族に請求されることにもなりかねない。仮に健康保険が使えたとしても、やはり百万円以上は覚悟しなければならないことになる。

「な、なんだって⁉　息子が死んだっていうのに医療費を支払えってえのか、冗談じゃねえぞ！」

そう、息子の初七日が過ぎたあたりだろうか、突然、その名前を聞いたこともない病院からの請求書が届く。しかも、その金額が件《くだん》のごとく数百万円にものぼるものだとしたら……

もちろん、そんな親の気持ちがわからぬでもない。

何も知らない親が、警察から息子の死亡連絡を受けるのは、土曜の早朝のことである。そして彼らが駆けつけてくるのは、所轄警察の霊安室のはずである。そこで目の当たりにするのは、すでに冷たくなってしまっている息子の遺体、というわけだ。

どうやら、首都高速を暴走し、カーブを曲がりきれなかったようだ、近くの救命救急センターに運び手を尽くしたが、残念ながら……なんぞという交通課の担当官の無機質な説明など、親の耳に届いているはずもない。

何が何だかわからない内に、変わり果てた息子を荼毘《だび》に付し、しかし、少しずつ冷静さを取り戻してくる。そして、ようやくその息子の死を受容し始めた矢先に、身に覚えのない病院からの請求書が送りつけられてくるのである。

もしそうなのだとしたら、その請求が法外なものと映り、納得のいかぬ理不尽なものと考えてしまうのは、それこそ人情であろう。

しかし病院は、決してどさくさまぎれにぼっているわけではない。医事課は、実際に行われた医療行為のコストを丹念に積算し、そして医療費として算定しているのである。

「その治療費の請求には、間違いはございませんが……」

医事課の窓口の事務的な説明だけで、しかし簡単に納得してくれる親などどこにもいやしない。

「ふ、ふざけるな、その時の医者を出せ、医者を!」

「いいですか、お父さん、息子さんが我々の病院に担ぎ込まれてきた時は、いまお話ししたような状況だったのです」

「………」

「ご理解いただけたでしょうか」

「最初のケガの状況はわかったけれど、こんな大金を使って、それでも、助けられなかったのか！」

「それほどの大ケガだったということなんですが……」

「……こんな病院じゃなくて、もっと有名な大学の救命センターに運んでいたら、本当は息子は助かったんじゃないのか！」

「もちろん、お望みの救命センターにどうしてもとおっしゃれば、救急隊もそちらに運んだでしょうが、いいですか、我々の救命センターが事故現場に最も近かったんです、その最も近かった救命センターに到着した時ですら、息子さん、瀕死の状態だったんです、ですから、お父さんのおっしゃるその救命センターには、とても着けなかったと思いますが……」

「救急車の中で死んだってえのか」

「ええ、間違いないと思います」

「………」

「ついでに申し上げておきますと、我々は公立の一般病院の救命センターです、もし有名な大学付属の救命センターだったら、請求される治療費が、もっと高額だった可能性がありますよ、お父さん」

やれやれ、何度この手の話をさせられたことか……

「だけど先生、家族は、その子供の命を助けようとして、どれほど多くの人間がかかわったかってことを知らないんですから……」

「そりゃ、俺だってわかるよ、父親の気持ちは……」

たとえ、暴走行為で自爆してしまった場合ではあっても、懸命にその命を救おうとする多くの人間がいる。レスキュー隊や救急隊、医者や看護婦をはじめとする医療スタッフなど、数多くの人間が、救命のためにもてる力を、しかも真夜中にもかかわらずつぎ込んでいるのである。それだけではない、手術に不可欠な血液も、何千、何万という、善意の人間から提供されたものである。

その結果、不幸にも患者が死んでしまったからといって、しかし、その医療費が減額されたり、まして棒引きされるはずのないものであることは言うまでもない。

息子を失った父親は、冷静に考えればごくごく当たり前のそんなことが、見えなくなってしまっているのだ。

そんな父親を、だから、責めることができないのもまた当然である。

確かに、最愛の息子を予期せぬ事故で失った父親が、正常な判断力を失ってしまうことは了解可能である。だから、もちろん、こちらの精神状態が安定している時だったら、根気よく父親をなだめることに吝《やぶさか》ではないのだが、医者だって生身の人間である。

「当直明けで、こっちは気が立ってんだ、そんな家族を今よこすとどうなるか、俺は知らねえぞ！」

無免許で暴走行為をするようになったのは、いったい誰のせいなんだよ、え？　命を粗末にするような人間になったのは親の責任じゃねえのか！　テメエたちのしつけがなってねえから、こんなことになっちまったんだろうさ！

それをなんだと？　さも俺たちの治療が悪かったような言い方をしやがって、しかもその上、医療費は払わねえだと、上等じゃあねえかあ……なんぞと、言わずもがなのことを口走ってしまいそうなのだ。

「ち、違います、先生、支払い拒否じゃありませんよ」

「え？　違うの？」

こんな救命センターに長くいると、どうやら、人間を見る目もひねくれてきてしまうらしい。

「こちらです」

医事課の職員に案内されてきたのは、四十がらみの女性であった。

じゃ先生、あとはお願いしますと、そそくさとドアを閉めて、彼は出ていった。

「ええと、どういうご用件でしょうか」

きちんとした身なりではあるが、その女性の顔は、何かうわの空といった表情である。

「医事課の話では、すぐにお亡くなりになったということですが……」

「………」

「お名前はなんとおっしゃいますか？」

「里中と申します」

さとなか……残念ながら、名前に覚えがない。

「ごめんなさい、こんなところなものですから……死亡退院される患者さんがとても多くて、ですね……」

薄情なものである。つい先日のことであるにもかかわらず、しかも、その患者が死んでしまっているのに、思い出せないのである。これまた、人間がすれてしまっているためなのであろうか……

「ええと、ですね、どんな患者さんでしたっけ、ケガでしたっけ、それとも病気か何かでしたっけ……」

頭を掻きながらの、なんとも間の抜けた物言いである。

「……息子です、中学三年生の……」

中学の三年生？　はて、どんな患者だったっけな……

「ビルから……亀戸の十四階のビルから、誤って落ちちゃったんです……」

十四階のビル？　ああ、あれか、思い出したぞ、しかしあれは……転落なんだっけな……

当直明けのボケた頭に、活を入れる。

たしかあれは先々週の金曜日、土砂降りの雨の夜だった。

救急隊が担ぎ込んできた患者は、その雨でしこたま濡れていた。しかしよくみると、雨だけではない、大量の血液が、その身につけている洋服にべっとりとついている。

「おい、脈はどうだ」

「ダメです、触れません」

「マッサージだ！」

「輸血を急がせろ！」

いつもながらの戦場である。

走り回る若い医者や看護婦たちを後目《しりめ》に救急隊から事情を聞く。

「ビルの非常階段の下で倒れてたって言ったよね、この雨で足でも滑らしちゃったのかな？」

「いいえ、先生、飛び降りなんですよ」

非常階段の手すりを乗り越える瞬間を、何人かの人間が目撃していたらしい。制止を振り切り、あっという間に最上階から落ちていったということであった。

「自殺ってことか……で、身元は？」

「まだわかりません、何も身につけてないようなんですよ」

若い研修医たちによって切り刻まれた血塗《ちまみ》れの上着やズボンのポケットには、めぼしいものは何一つ入っていない。

「歳の頃なら、十五、六ってとこかな？　ずいぶん若いよね」

何も、この若さで死ぬことなんかねえよな、なんぞと救急隊と顔を見合わせているそばで、若い医者が叫ぶ。

「先生、これ以上はがんばれません！」


「はいはい、あの時の……ええ、思い出しました、そうですか、彼、中学三年生だったんですか……」

死亡確認後の処置が終わり、線香をあげおわったところでも、まだその患者の身元はわからなかった。

霊安室からの暗い廊下を渡りながら、何があったか知らねえが、あの若さで何も死ぬこたあねえのになあ、もったいない、なんぞと二言三言つぶやいたあと、それっきり、その患者のことは、主治医の意識の中から消えてしまっていた。

その時の渡り廊下の、夜気の冷たさを思い出しながら、言葉を探す。

「それで……そのお母さんが、いったい……」

「はあ……実は、先生にどうしてもお尋ねしたいことがございまして」

——そおら、おいでなすった

「な、何でしょうか、私でわかることでしたら……」

「……先生、息子は……息子は本当に自殺だったんでしょうか？」

思わず、耳を疑う。当直明けで聞き間違ったのかもしれない。

「今、なんとおっしゃいましたか？」

「……私、息子がビルから落ちたのは、自殺なんかじゃなくて、実は事故ではなかったのかと思っているんです」

――いかん、こりゃ、支払い拒否の親父《おやじ》よりやっかいな話になりそうだ
「警察の方からは、どういうお話でしたでしょうか」

「……前後の状況から考えて、間違って落ちたということはなさそうだということでした、でも……」

「でも？」

「でも、あの子に限って、そんなことをするとはとても……」

「思えない、というわけですか……」

中学三年生と言えば、いわゆる思春期まっただなか、ただでさえ肉体的、精神的にも不安定な時期である。その上、将来の進路だとか高校受験とかがのしかかってくる季節でもある。

他人からみれば、とても些細なことが、自殺への引き金になるということは、しばしば経験されることなのである。

「どんなことでもいいんですが、何か思い当たることはありませんか、お母さん、彼が自殺をするような……」

「いえ、先生、息子は……息子は自殺なんかじゃありません！」

目の前の母親は、視線を据えてきっぱりと否定した。

——そうか！

きっとこの母親は、父親を含めた周囲の人間から、責められ続けているに違いあるまい、母親のくせに息子の異変に何も気づかなかったのかと……

その追及に疲れ果てたこの母親は、息子を死の淵から救い出してやれなかったという母親としての自責の念からの逃避を、必死に試みている。そのひとつの方便として、この母親は、息子の死が自殺ではなく、事故であったと思いこもうとしているのだ。

いくら当直明けのボケた状態ではあっても、そんな母親の心情を見落としてしまうわけにはいかない。

「さあて、困りましたね、我々は現場を実際に見たわけではありませんし、運ばれてきた時には、息子さん、すでに意識はありませんでしたから……我々が得ている情報は、警察や救急隊からのものだけしかありませんので……」

喰い入るように見つめていた視線が、その光を失い、彼女自身の膝元に落ちていった。

「残念ながら、我々には、息子さんの死が事故によるものだったのかどうか、知る術《すべ》がないのです」

息子さんを見とがめた人が制止しようとしたらしいんですが、それを振りきったわけですから……などという救急隊からの情報をここで繰り返したところで、そんなことは彼女にとっては何の意味もない。

下手をすれば、そう、実はその人が息子を突き落としたんではないでしょうか、なんぞという愚にもつかない彼女の妄想につきあわされてしまうことになる。ここは逃げの一手である。

肩透かしを喰らった彼女は、それこそがっくりと肩を落とし、その視線を虚《うつ》ろに宙にさまよわせている。

彼女の描くそうした世界に乗ってやったところで、しかし、彼女には何の解決にもなりゃしないのだ。だが、かと言って、当直明けのこの短い間に、これ以上彼女の心の中に踏み込んでいくことは不可能であるし、またそれは許されることではない。何故なら、救命センターの患者は彼女の息子であって、彼女ではないのである。

と、突然、彼女が顔を向けた。

「最後に……最後に、ひとつだけお聞きしてよろしいでしょうか」

「……ええ」

「あの子は……あの子は、苦しんだのでしょうか、ここに運ばれてくるまで、とても苦しんだのでしょうか」

まるで、すがるような視線を突きつけてくる。

「……いいえ、お母さん、おそらく苦しみを感じることはなかったと思いますよ、彼の死に顔、とても安らかでしたから」

一瞬、彼女はテーブルにつっぷして涙を流し始めた。

「そう、そうですか、そうですよね、苦しまなかったんですよね、先生、息子は、安らかに逝ったんですよね、間違いないですよね、先生！」

「……ええ、その通り間違いないですよ、お母さん」

この一言だけが、ほんの数時間だけ主治医であった救命センターの医師に許される、母親への精一杯のケアであろう。

「先生、さっきの里中さん、もうお帰りでしょうか？」

医事課からの電話の声は、憎たらしいほどに明るい。

「ああ、終わったよ」

「どうもお疲れさまでした」

「ええい、疲れている時に、ややこしい話なんぞ持ってきやがって！」

「え？　どんな話だったんですか？」

「ふん、医事課にゃ関係のない、一銭の金儲けにもならない話だよ！」

「はあ？」

「なあに、薄情な医者の方便さ」

やれやれ、当直明けに医事課が持ち込んでくる話は、やっぱりロクでもないものばかりのようだ。

身元不明

「おい、おまえさんたち、少しは勉強になってんのかい？　救命救急センターに配属されて」

午前中の回診が終わり、一息ついている時に何人かの若手をつかまえる。

全国にはさまざまな形態をとる救命救急センターがあるが、いずれもそのスタッフを確保するのに苦慮していると言われている。

無理もなかろう、我々の救命センターを例にとっても、月八回以上もの当直勤務が課せられるのである。しかも、たとえ休みの日ではあっても、急患が立て込んで人手が足りなければ、ポケットベルで呼び出されてこき使われるのだ。

最近の若い医者に、昼も夜もないそんな生活を何年も強いることは、ほとんど不可能と言ってよい。せいぜいが半年ももてばいいところ、とくれば、それぞれの科、例えば脳外科や整形外科などから、期間を限って若手の医者を救命救急センターにローテーションさせてもらうしかない。

いきおい、一年の内に幾度かメンバーが大幅に入れ替わることになってしまう。もちろんそうやって、常に救命救急センターのスタッフをリフレッシュさせているのではあるが、しかし、そこを預かる責任者は大変である。

ローテーションしてくる若い連中には、なによりも先《ま》ず、救命救急センターの使命を果たすだけのルーチンワークをこなしてもらわなければならない。

もちろん、それに対して充分な給料を払ってやれればよいが、救急医療なんて不採算もいいところ、雀の涙ほどにもなりゃしない。それではしかし、若い医者たちの士気にも関わるし、無理をして若い医者を派遣してくれている先に対しても申し訳が立たない。

「君たちに対する報酬、それは将来それぞれの専門できっと役に立つであろう、救命救急センターでしか学べない知識と経験である、もちろんそれをつかみとっていくのは君たち自身ではあるのだが」なんぞという、身勝手な理屈を言い訳にするしかないというのが、しかし救命救急センターの偽らざる現実であろう。

「そろそろ救命センター勤務の年季が明ける頃だが、どうだ、すこしは学ぶべきことがあったかい？」

「ええ、そりゃあもう、先生、ずいぶんといろんなものを見せていただきましたし、経験させていただきましたよ」

「ほんと、そのとおりですね」

この連中は、なかなか殊勝なことを言ってくれる。

「そうか、そうか、で、いったい、おまえさんたちは、何を学んだんだ?」

「いやあ、人生ってものを考えなおしましたよ」

「ん?」

「僕は、家族なんてものが、いかに頼りにならないかということを学びました、やっぱり結婚なんかするもんじゃないですよね」

「な、何だって?」

救急患者の見方のポイントはこう、あるいは外傷患者の治療で大事なことはこう……なんぞというまっとうな答を期待していたのだが……

「だって先生、ウシドシさんのまま、あの世に逝ってしまう患者さんの、なんとまあ多いことか……」

「先生、お世話になりまあす」

「状態は?」

「意識は変わりませんが、先ほどから、舌根が落ち始めています」

救急隊のストレッチャーから移された患者には、いつものように、さまざまな処置が間髪を容れずに施されていく。

消防庁からの情報によれば、患者は五十代の男性、ビルの二階にあった居酒屋を出て、階下に降りようとしたところ、誤って階段下まで転落してしまったものということであった。

「こりゃあクセエや、ベロンベロンってやつですよ、先生！」

口をこじ開け、気管の中に人工呼吸用の管を入れようとしていた研修医が、思わず顔をそむけながら叫ぶ。

「なんだ、だいぶ入ってんのかい？」

「はい、お店の人の話じゃ、ボトル半分以上は空けてるってことですが」

「泥酔状態で、階段を踏み外したってわけだな」

「……のようです」

救急隊員も苦笑いである。

「ええい、こちとら、当直でビールも飲めねえってえのに、何が悲しくてこんな夜中に、酔っぱらいのゲロを搔きださなきゃいけねえんだよ、まったく！」

「ぼやくな、ぼやくな、アルコールが入った時の、こういうケガが一番危ないんだから、それに当の本人には、何にも聞こえちゃいねえぞ、昏睡状態なんだから」

若い医者たちは、ふくれっ面をしながら処置を進める。

「先生、右の後頭部に約一〇センチの裂創あり、骨が触れますね」

「他には？」

「右の耳から、出血ありです」

「瞳孔は?」

「右三ミリ、左五ミリ、対光反射は両側ともないですね」

「首から下は?」

「特に所見ありません」

「血圧は?」

「二〇〇を超えてます」

「いかんなこりゃ、急ごう」

患者は、ストレッチャーで慌ただしくレントゲン検査に向かった。

「それで、身元は?」

「それがですね、連れもなくて、それらしいものも、何も身に付けていないんですよ」

「行きつけの店ってわけじゃないのかい?」

「はあ、初めての客だったようです」

「わかった、わかった、それじゃあ……」

壁の表を目で追いながら、ペンを走らせる。

「ネドシ……56太郎……だな」

主治医は、表の中の56という数字に、マジックで×をつけた。

ご存知だろうか、救命救急センターに運ばれてくる患者の約一割は、病院に収容された段階では身元がわからないのである。

もちろん、患者本人に意識があり、氏名や生年月日をしゃべることができればいいのだが、例えば、路上で突然倒れて意識がないといったような場合、財布や運転免許証などを身に付けていなければ、それこそ身元がまったくわからない。

若作りをしていて一見四十代かと思った女性が実は六十を超えていたとか、日本人だとばかり思っていたら中国人で日本語のまったく通じない人間だったなんぞということも、ままあるのである。

我々にできるのは、せいぜいが男女の区別であるが、しかし最近では、それとてもあぶなっかしい。

いずれにしても、名無しの権兵衛で通すわけにはいかない。下手すりゃ一晩に二人三人と身元不明者が運ばれることだってあるのだ。やっぱりそれなりの名前をつけておかなければならない。

しかも、患者を正しく区別するためには、一つとして同じものがあってはならないのである。そのために、どこの救命救急センターでも、おそらくさまざまな工夫を凝らしているはずだ。

「そうなんだよ、救命5太郎だとか、救命3子とか、以前はやっていたんだ」

古手の医者が説明する。太郎は男性、子は女性、数字はその年の何番目の身元不明者であるかを示している。

我々の救命センターでは、年間で、男性は70太郎、女性は30子ぐらいまでいくのが普通である。

「しかし、苗字が『救命』だけだと、どの年に来たのかがわからなくなってしまうんじゃないですか？」

「うん、それで、ある年は苗字を『救急』にしたり、『センター』としてみたり、あるいは隅田川にかかる橋の名前をつけてみたりしたんだが……」

「……『センター17太郎』とか、『駒形10子』とかですか」

「そうそう、でもそれも混乱するっていうんで考えたのが、干支《えと》なのさ」

その結果、平成七年は『イノシシ』、八年は『ネドシ』、九年が『ウシドシ』と相成ったわけである。

「これなら、十二年間は同じ名前にならないし、どの年かもすぐにわかるからね、どうだ、いいアイデアだろ？」

救命センターの医者も、つまらぬことを考えるものである。

やはり、このネドシ56太郎はただの酔っぱらいではなかった。

レントゲンとCT検査の結果、右後頭部の裂創に一致した頭蓋骨の派手な骨折と、左側頭部の急性硬膜下血腫、それに広範な脳挫傷が確認された。

硬膜下血腫とは、脳味噌を包んでいる丈夫な膜すなわち硬膜の内側に出てきた出血であり、脳挫傷とは、脳味噌そのものが、豆腐をぶつけたときよろしく、グシャッとなってしまった状態である。

意識が昏睡なのはそのためであり、舌根が落ち、瞳孔の大きさに左右差がでているというのは、一刻を争うということを意味している。それは、硬膜の下にできた血腫が脳味噌を圧迫しており、さらに脳挫傷の部分が今後急速に激しく腫れ上がり、その結果、命を落としてしまうという切迫した状態なのである。

この患者には直ちに頭の手術を施さなければならない。そしてその術式としては、広範囲減圧開頭、血腫除去術ということになる。つまり、脳味噌を圧迫している血の塊をとり、さらにこれからどんどん脳味噌が腫れてくるだろうから、腫れても大丈夫なように脳味噌を取り囲んでいる頭蓋骨を一部分はずしてしまおうという戦略なのである。

「手術をしても、しかし、このひどい脳挫傷じゃ、命が助かるかどうか微妙だな」

主治医の頭の中では、これまでに経験したいくつもの症例が過《よ》ぎっている。

「アルコールが入っているのは、ほんと、予後が悪いんだよな、これが……」

だが、手をこまねいている暇はない。幸い、首から下には大きな損傷はなさそうである。

患者は、頭髪を剃り上げられて手術室に向かうこととなった。

「先生、手術の承諾書はどうしましょうか」

「身元は？」

「いえ、まだ」

「じゃあ、家族もまだ来てねえな」

「はい」

「承諾書なんざいらねえ、身元が判明するのを待ってたら、仏さんになっちまうぜ、この患者」

「し、しかし……」

「いいから、はやいとこ手術室に連れてけ！」

「……は、はい」

家族が揃って、承諾書にサインをさせて……なんぞと形が整ったところで、そのために手術が遅れて、患者が死んでしまえば元も子もないではないか！

開頭手術が始まったのは、そろそろ夜が明けようかという頃であった。

目の前には、無影燈で照らし出されている56太郎の頭がある。まず頭皮をメスで切開し、次に頭蓋骨の数カ所にドリルで穴を開ける。その穴をつなぐように、特殊なカッターで頭蓋骨を切っていく。

手術室には、ちょうど歯の治療の時に耳にする音に似た高周波の金属音が充ちている。あたりには、骨を刻む時特有の、少し焦げ臭いにおいが立ちこめる。

「よし、骨をはずすよ」

カッターで作られた頭蓋骨の間隙に、金属のヘラが注意深く差し入れられ、てこの要領で頭蓋骨を持ち上げる。

径約一〇センチほどの頭蓋骨の骨片がパッカリと剝がれる。その下には、幾条《いくすじ》もの細い血管が走っている硬膜がある。脳味噌はこの硬膜に包まれているのである。

「こいつはパンパンだな、今にもはちきれそうだぜ」

本来なら無影燈の光で白く輝くはずの硬膜が、どす黒い暗赤色を呈している。硬膜の内側に溜まった血腫の色が透けて見えているのだ。

硬膜のすぐ内側には脳味噌があるはずだが、その硬膜と脳味噌との間のスペースに出血するのが、硬膜下血腫と呼ばれるものである。大量に溜まったその血腫が、硬膜を突き破らんばかりになっている。当然のことながら、その血腫は、その内側の脳味噌そのものも激しく圧迫しているのである。

硬膜を切開し、その血腫を搔き出して脳味噌への圧迫を一刻でも早く取り除いてやること、それが今回の手術の目的である。

「それじゃあ、硬膜を開けるぞ」

鋭利なメスで硬膜の中央を切り込む、その途端、ちょうどマグマが噴出してくるように、あるいは原爆のキノコ雲が立ち上るように、ゼリー状に凝固したどす黒い血腫がムクムクとせり出してくる。

「こりゃ、すごい圧だぜ……」

「お疲れさま、どうですか、なんとかなりそうですか？」

術後のＣＴ検査を終えた患者が集中治療室に戻ってきたのは、すでに当直帯が終わり、日々のルーチンワークが始まってからであった。

「かなりきびしいな、よく生きて帰ってこれたっていうのが本音だよ」

術後のＣＴ検査を見ると、硬膜下血腫はきれいに除去されているのだが、脳挫傷の部分は手つかずで残っている。そこが時間とともにむくんでくるのだ。脳浮腫と呼ばれるものである。

せっかく手術で血腫を除去して減圧しても、この脳浮腫のために再び頭蓋内の圧が高まり、非常に危険な状態に陥ってしまうのである。

「それで家族は？」

「いえ、まだ」

「身元は判ったの？」

「それもまだ……」

「おいおい、早くしないと、間に合わねえぞ！」

「はあ……」

「警察からは連絡はなかったかい？」

「手術が始まってすぐに所轄の警察から連絡がありました」

「状況は説明したんだろ？」

「ええ、生命に関わるから、大至急家族を探してくれと言ったんですが……」

我々の方もこの時期人手不足でして、それより、死亡したら一報下さいな、検死に参りますから、と電話を切られてしまったらしい。

酔っぱらいが階段を踏み外しただけの、単純明快な事故だと判断されてしまったためなのだろう、今回のケースは、警察にとってあまり意味のある代物ではないようだ。

しかしこれが、誰かにつき落とされたかもしれない犯罪がらみのものだったら、目の色を変えてくる。それこそ、手術を終えて一服したいなんぞと思っている主治医の都合にはおかまいなしに乗り込んでくる。

頭の傷は？　打撲の部位は？　生命の危険は？　前から突いた？　それとも後ろから？　なんぞという、法医学者ならぬ救命センターの医者には簡単に答えられるはずなどない質問の嵐である。もちろんその頃にはとっくに被害者の身元を割り出しているはずだ。

しかし、それが『不慮の事故』だとなれば話は変わってくる。何とか、死に目に家族を会わせてやろうなんぞという、それこそ救命センターの医者であれば真っ先に考えてしまうことが、警察の眼中にはないのである。

せいぜいが、この忙しい時に、余計な検死を増やしやがって……と恨みごとのひとつも吐いているだけだろう。

「ったく、警察は、犯罪じゃないと動かないんだから、もう」

だが、患者本人の意識が戻らない限り、我々には身元を調べる術がない。ここは気長に警察からの連絡を待つしかない。

「さあて、それまで生命《いのち》がありゃいいが……」

主治医たちの心配を知る由もないネドシ56太郎は、頭皮をひんむかれてしまわんばかりの手術のおかげで分厚く腫れてしまった両のまぶたを固く閉じたまま、人工呼吸器につながれて静かにベッドに横たわっている。

「先生、警察から連絡がありましたよ、56太郎の身元が判ったって」

夜明けの緊急手術からすでに四日ほど経った日の昼下がり、ベッドサイドで患者の様子を診ていた主治医の許に、受け持ちの看護婦がメモを片手にやってくる。

「ほう、そうか、さすが日本の警察は大したもんだな、それで、家族は?」

「ええ、連絡がついたそうです」

そいつはよかったという表情で、主治医が患者の顔をのぞき込む。

「よし、それじゃ何とか間に合うな」

脳浮腫が強くなってきたのは、手術の翌日からであった。少しでも脳浮腫を軽減し、頭蓋内圧の上昇を阻止しようとあの手この手を試みたにもかかわらず、それまで何とか低い値を保っていた頭蓋内圧があっという間に跳ね上がり、平均血圧と同じになってしまった。

頭蓋内圧と平均血圧が同じ値になってしまうということ、それは言い換えれば、頭蓋内の循環がないということである。早い話が、脳味噌がパンパンに張ってしまって血の巡りがなくなってしまったのだ。

こうなれば、もう打つ手がない、56太郎の命は時間の問題というわけである。医者としてできることがあるとすれば、身元が判明しその家族が病院にかけつけるまでの間、ともかくもたせるということだけであろう。

「ええ、それは、ま、そうなんですがね……先生」

このネドシ56太郎、本名小島芳夫、五十二歳は、事故にあった居酒屋のそばのアパートに最近越してきたばかりであった。定職はなく、ブラブラしていたらしい。そこから、どういう方法で調べ上げたかは知らないが、妻子が埼玉県にいることがわかったというのである。

「じゃあすぐに連絡して……」

「……拒否されたそうです、面倒見るのはイヤだって」

警察からの話はこんな具合だ。

患者である小島芳夫は、妻とはここ十年ほど別居しており、いつの間にか妻にもその行方がわからなくなってしまったらしい。夫の行状に愛想をつかしていた妻は、居所さえわかれば、夫と離婚するつもりだったという。

そんないきさつがあるために、たとえ瀕死の重傷だろうと、妻は、金輪際かかわり合いになるつもりなんぞはない、ということであった。

「なんとまあ……しかし、それじゃあ困っちまうよな」

「そうなんですよ、それで、警察の方でも本人の実家に連絡したそうです」

「田舎には兄弟たちがいるってわけだ」

「ええ、ところがですね、山形の実家の長兄が言うところでは、芳夫とはすでに縁を切ってある、だから生きているうちに会うつもりはない、しかし死んだということであれば、骨だけは引き取ると……」

受け持ちの看護婦の話を聞き終えると、主治医は溜息混じりに、もう一度患者の顔をのぞき込む。

「人生……だよな」

ベッドサイドに掲げられた名札が、書き換えられた。

「死亡時刻は午後九時五十三分、ということにしとこうか」

頭上の心電図モニターをにらんでいた主治医が、腕時計に目を落とした。ネドシ56太郎、いや、小島芳夫の臨終である。

しかし、残念ながら、その死に際には小島芳夫らしさは何もない。子供たちがその手を握りしめるわけでもない、妻が泣きじゃくりながらその名を呼ぶわけでもない。そして兄弟たちがその早すぎる死を惜しむわけでもない。

たまたまその手術を執刀した医者たちと受け持ちの看護婦だけが見送っているのである。

「ヤダな、こういうのは……」

「え?」

「この患者さんだって、こんな最期になろうとは思ってもみなかっただろうに……」

どうやら若い研修医には、妻や兄弟たちの態度が気に入らないらしい。

「そんなことはないぜ、この56太郎、いかにも彼らしく、逝ったんじゃねえのかな」

何が原因で夫婦仲が悪くなったのか、今となっては知る術もなく、もちろん今さらそれを知ったところで何にもなりゃしないのだが、多かれ少なかれ亭主の酒癖の悪さにあることは想像がつこうというものだ。

「ま、いわば、自業自得ってやつかな、そういう意味では、まさしく小島芳夫に似つかわしい彼らしい死に方……なのかもしれないぜ、まったくのところ」

「でも……いかにも淋しいじゃないですか、こんな死に方は……」

「そうかい？　病気で死にそうになったからっていったって、それまでの人間関係が好転したりするもんじゃないんだぜ、むしろ、よりはっきりすると思っていた方がいいな」

「………」

「ま、しかし、生きてる間に身元が判っただけでも幸せってもんだろうよ」

「そうでしょうか、先生、こんなことならネドシ56太郎のまま、逝った方がよかったんじゃないんですかね……」

さあて、救命センターなんてところに長居している身にすれば、ま、こんなもんだぜ、救命センターでの死に様は、なんぞと、眉一つ動かしゃあしない。

しかし、若い研修医たちは、まさしくそこに人生の一端をかいま見るのであり、人と人との関わりの意味を感じ取っていくのである。

そうそう、それが、こんな薄情な救命センターが、おまえさんたちに与えてやることのできる、数少ない報酬のひとつなんだぜ、きっと……

自己決定

最近、『自己決定』という概念が医療の中に取り込まれ、マスコミにも取り沙汰されているようである。

これの意味するところは、疾病に対する治療法をその患者自身が判断し選択する、というものであるが、特に、癌の場合などでよく用いられている。一言で言えば、自分のことは自分が一番よく知っているのだから、自分のことは自分で決めようということである。

例えば、自分の体にできた悪性腫瘍をどう扱っていくのか、手術をして切除するのか、放射線という手段を用いるのか、抗癌剤を中心とした化学療法を選択するのか、あるいはまったく何もせずに放置したままでいくのか、そうした治療方針を、主治医ではなく、患者自らの判断で決めていこうという考え方である。

と同時に、そうした選択の結果に対しては、患者自身が責任を持たなければならないという立場である。

もちろん、その大前提として、患者には患者自身の肉体的な情報がすべて提示され、さらにそれに対する医学的な情報もすべて与えられていなければならないとされている。早い話が、癌の『告知』も当然のことながら行い、余命如何《いか》ほどなんぞというあからさまな現実までも患者自身につきつけるということを、先ず第一にやろうとするものである。

旧来の、医者と患者の関係からは大きくかけ離れてしまうように見えるためであろうか、現在の日本では、まだまだこの『自己決定』に基づく医療は少数派と言ってもよいように思われる。しかし、こうした立場を先進的なものと考え、将来の医療のあるべき姿だととらえる人間が、マスコミも含めて増えつつあることも事実である。

条件さえ整うならば、それはそれで好ましいことなのではあろうが、いま例示した癌をはじめとする医療の場合以前の問題として、この日本社会が、自分自身が自分自身の生き方を、自らの責任において『自己決定』できる所なのか否かが問われるべきであると考えているのは、私だけではあるまい。同時にしかし、医療における、自己の責任においての『自己決定』が最も望ましいことであるとする立場に、必ずしも両手《もろて》を挙げては賛同できないと思っている向きも、多いはずである。

さてさて、救命センターというところ、あまり癌患者にはお目にかかれないのではあるが、しかし、癌以外の場面にも似たような話がある。

今回は、救命救急センター版『自己決定』のお話である。

「あれ？　待てよ、長谷川洋子……」

救急隊長が記載する患者台帳の氏名欄を見ていた当直医がつぶやく。

――どこかで聞いたような名前だよな……

救急処置室のストレッチャーの上には、救急隊員らの手によって三十代半ばの女性が移された。いや、正確に言うと、ストレッチャーの上に抑えつけられたといったふうである。屈強な救急隊員に腹のあたりを押さえ込まれたその患者は、赤茶色に染めた髪を振り乱し、手足をばたつかせ、何事かを叫んでいる。

「ちょっとお！　何すんのさ！」

その黄色い声に、若い研修医たちが一瞬怯《ひる》んで後ずさりする。

「こりゃまた、ずいぶん元気だねえ」

「そうなんですよ、病院が近づくと、突然降ろしてくれってわめきだしたんです」

救急隊員の額からは、汗が滴り落ちている。

「止《や》めてよ！　手ぇ離してよお！」

救急処置室に響きわたる金切り声に、思わず研修医たちが顔を見合わせる。

――どうする？

――これだけ暴れる元気があるんだから、ま、慌てなくてもいいかと、そこに別の金切り声が上がる。

「何言ってるのよ！　ここは病院なんだからね、ちゃんと言うこと聞いてくれないと困りますよ！」

ベテランの看護婦の方がもっと元気である。

今度は、患者が怯む番である。

「さ、先生たち、早く点滴を入れなさい、私が押さえてますから！」

ハイハイ……と、若い連中は言われるがままである。

「ところで、長谷川さん、いったい何を服《の》んだの？」

別の医者が尋ねる。患者は、しかしそっぽを向いている。

「ねえ、何を服んだの、教えて」

「ちょっと、なによ、腕が痛いでしょ！」

質問には答えず、点滴を入れようとしていた右手を激しく振り払おうとする。

「ほらほら、針を使ってるんだから、じっとしててくんないと危ないよ！」

「ね、あなたの命がかかってるんだから、おとなしくしてちょうだい」

なだめたりすかしたり、である。

「ふん、あんたたちにゃ関係ないだろう、ほっといてよ！」

患者台帳を見つめていた当直医の記憶の中で、頭の天辺《てっぺん》からしぼり出されてきたようなこのセリフと、長谷川洋子という名前が繋がった。

「やっぱりアンタか、あれほど戻ってくんなよって言ったのに」

若い医者たちが一斉にこちらを見る。

「ん？　この患者さんかい？　ま、お得意様ってとこかな……」

救命救急センターに、何度も入退院を繰り返すなんぞということは、まず考えられないのだが、中にはそんな強者《つわもの》たちがいる。何度事故にあってもやっぱりバイクに乗りたがる若い連中や、何度血を吐いても酒の止《や》められない輩《やから》がその例である。

「お得意様っていうと、先生……」

「何回もやってんだよ、この前は二年ぐらい前だっけな、ねぇ、長谷川さん」

声を掛けると、見知った医者の方からは顔をそむけ、それでもまだじたばたしている。

この患者のような自殺企図の常習者も、救命救急センターの常連に名を連ねる場合が多いのである。

「左手首を見てごらん、ほら、傷があるだろ？」

「あ、はいはい、あります」

「それ、前回のリストカットの痕《あと》なんだよ」

左手首の内側に、うすく赤味の残っている切創痕が、真横に二条走っている。よく見ると、

左手の指の動きが、右手とはまったく違う。肉も落ちているようである。

「そうなんだよ、この傷は、かなり気合いが入ってたんだぜ」

「と、いいますと」

「たしか、橈骨《とうこつ》動脈と尺骨《しゃっこつ》動脈が両方ともスッパリ切れていて、屈筋の腱もほとんどやられていたはずだな、もちろん正中神経もばっさりだ」

「へえ」

通常リストカットと言えば、その傷はせいぜいが皮膚の全層を切るぐらいのことが大半であり、屈筋の一部の腱の損傷が時折見られる程度である。手首で脈として触れることのできる橈骨動脈や尺骨動脈に到達することは、実はそんなに簡単なことではない。

そういう意味では、この患者の場合、それなりに気合いが入っていたと言ってもよいのだろう。

「そうそう、夜中にずいぶんと長い手術をした記憶があるよ」

泣き別れになった動脈、腱、神経を丹念に繋ぎ合わせていくのは、根気のいる細かい長時間の手術である。

血流が再開し、左手そのものは何とか生き残ったが、しかし、腱も神経も同時にやられていたので、その手が使いものになることを期待するのはとても難しかったはずである。今の動きを見ると、残念ながらその予想は当たっていたようだ。

「それ以前にも、何回も薬を服《の》んでるんだよ」

救命センターにやっかいになるほどの重症ではないものも加えると、過去に少なくとも四回ほど服薬自殺を図っている。

「と言うと、ベースには、やっぱり精神疾患があるんですかね、先生」

「いや、それはないはず……なんだが」

当直医は、分厚いカルテをパラパラとめくりながら、記憶を呼び覚ましていく。

救命救急センターに担ぎ込まれてくるうちの一割以上が、いわゆる『自損行為』をおこした患者である。

カッターで手首を切る、睡眠薬を大量に服む、から始まり、首を吊る、ビルの屋上から飛び降りる、走ってくる電車に飛び込む、包丁で胸、腹を刺す、中には長短二本の日本刀をヘソの上下に突き立ててきた者もいる。

果ては、隅田川に入水《じゅすい》する、サンポール（トイレの洗剤＝塩酸）を飲み干す、そして極めつきが、頭から灯油をかぶり火をつける、である。

下町の救命救急センターには、ありとあらゆる手段による自損患者が担ぎ込まれてくるのだ。少々のことでは、こちらも驚きなんぞしなくなっている。

さて、こうしたケガや中毒、熱傷などは、通常『自損行為』として整理される。注意しなければならないのは、自損行為が、すなわち『自殺行為』とはならないということである。

もちろん、大半の場合が、自殺を目論んでいるのではあるが、中にはこんな表現をする患者がいる。「ビルから飛び降りなければ殺《や》られてしまうぞ、という声が聞こえた」とか、「とにかくゆっくり眠りたかっただけなんだ」とかである。

こうした場合、患者は自分を傷つけようとか、まして自殺しようなんぞと思っているわけではない。結果的に命を落とすことになっても、それはやっぱり結果であって、決して目的ではないのである。

このような幻聴や不眠を訴える患者は、そのベースに精神疾患を有していると考えられる場合が多い。

だとすれば、こうした『自損行為』を行った患者に対しては、肉体的な損傷を修復すると同時に、精神疾患の有無をチェックすることが不可欠となる。たとえ体は元に戻っても、心や精神の問題が解決していないのであれば、また同じことを繰り返す可能性が非常に高いと考えるわけである。

救命救急センターでは、運よく生命《いのち》が助かり、患者とコミュニケーションが取れるようになると、家族やできれば患者本人の了解を取った上で、精神科のドクターを介入させることが求められるのだ。

「どう、先生、あの患者?」

「ええ、やはり分裂病ですね、肉体的なことがもう少し落ち着いたら、あとは精神科で引き受けましょう」

精神科の範疇《はんちゅう》に入る患者だとわかれば、我々にとっては、ある意味でひと安心である。問題は、そうならない患者たちなのである。

もちろん、精神科のやっかいになるような状態ではなくとも、ひとまず安心という自損患者は数多くいる。

例えば、借金を重ね、ついにサラ金の追及の手から逃れられなくなった末の服毒などはよい例である。恋焦がれた女性から、肘鉄砲を喰らわされ、もはや生きていく気力もなくなったという純情な男の入水というのもある。

こうした患者は、別の言い方をすると、救命センターの医者の側からすれば、助け甲斐のある自損患者ということになる。

何とか命を取り留めてやることさえできれば、後は『金』と新しい『女性』があればよいのである。それがあれば、精神科医の出番はない。

もっとも、年中金欠病で、いい女にはからきし縁のない、我々のようなしがない場末の救命センターの医者には、残念ながらそっちの方の手助けをすることは、まったくもって不可能だが、肉体が癒《い》えさえすれば安心して退院させることができる。

もちろん、病院もサラ金よろしく、その治療費をとことん請求していくのではあるが、少なくともそれは我々主治医が心配することではない。

いずれにしても、そのベースに精神疾患があったり、社会的な問題を抱えて自損あるいは自殺行為に至ることが我々にも了解可能な患者たちは、無事に我々の手を離れていくのである。

問題は、精神科の対象でもなく、社会的にも了解できないような自損行為をおこす患者たちなのだ。

早い話が、死ぬ気など端《はな》からないくせに、死んでみせようとする連中である。

点滴を入れさせろ、入れさせないでまだもめている喧噪を背中で聞きながら、その患者を搬送してきた救急隊から事情を聴取する。

「誰か関係者が、一緒についてきているのかい？」

「いえ、患者だけです」

「一人暮らしだったっけな？」

「の、ようです」

「とすると、いったい誰が救急車を要請したんだろ、まさか、本人じゃあねえだろうな？」

「ええ、本人ではないんですが……」

救急隊長によれば、救急車の要請は、浜松市内からなされていた。

「え？　静岡から？」

どうやら、浜松に住む友人に、患者本人が「これから死んでやる」という電話をかけたらしい。

「はあ、その友人も、つきあいが長いらしくて、どうせいつものホラだろうと思ったということなんですが……」

「どうせいつものホラだろうけれど、それでほんとに死なれた日にゃ、夢見が悪いってんで、わざわざ東京の一一九番に連絡してきたってわけだな」

その友人こそ、いい迷惑である。

「で、現場には警察と行ったわけ?」

「いえ、もし部屋の扉が施錠されていればそうしようかとも思ったんですが……」

「部屋には鍵がかかってなかったってことか……やっぱりね」

何のことはない、自分で救急車を呼んだのと同じことである。死んでやるとは言いながら、ちゃんと助かるように手は打っているのだ。

やれやれ、こういうのを、狂言自殺と呼ぶのである。

「はい、ただ、部屋の中でぐったりしていて、呼びかけても返事をしないし、かなりの吐物もあったものですから……」

「で、救命センター送りとなってしまったわけだな」

「ええ、我々も騙されちゃいましたよ、だってこの病院が近づくと、急に起きあがって、降ろしてくれってわめき出すものですから……」

「そりゃそうさ、これから向かうところが、以前にも担ぎ込まれたことのある救命センターだって判ったんで、こりゃまずいと思ったんだろうさ」

「え?」

「そうだよな、長谷川さん」

患者は背中を向けたままである。

この患者、自殺企図の、いや正確に言うと、狂言自殺の常連なのである。当直医の記憶の中で、二年前のことが蘇る。

「先生、どうでしょうか」

「ああ、いいですよ、どうぞ、いつでも退院させて下さい」

「は？」

「あの患者さん、死のうなんて、これっぽっちも思ってやしませんから」

「……？」

「精神科の扱う領域ではないということですよ」

「と、言いますと……」

「治療の対象ではありません、治すところがあるとすれば、その性格ですかね、ま、もっとも、どうやっても治らないのを性格っていうんですけどね」

長谷川洋子の診察を終えた精神科医が、苦笑まじりに言い放つ。

「……じゃ、退院後に精神科の外来通院の必要は？」

「そんなもの、要りませんよ」

何人もの自殺企図患者を診てきているベテラン精神科医の見立てである。

「家族や友人からの話だと、この患者、自分の思い通りに事が運ばないと、すぐに死んでやるって言うみたいですね、つまり狂言自殺の常習者なんですよ」

「そうなんですか」

「これまでにも何回も薬を服《の》んでいるんですが、毎度毎度大した量でもなく、そのうえ、薬を服むたびに必ず、家族や友人にこれから死んでやるっていう電話を入れているんですよ」

またか、とは思いつつも、家族や友人にしてみれば、狼少年の話を思い浮かべては、今度こそはひょっとしてと思って、駆けつけるというわけである。

そして、そのたびに放っておくわけにはいかず、つい患者を「いい子いい子」してしまうのだということであった。

「まるで子供ですね」

「ええ、その通り、子供なんですよ、わがままなダダっ子とおんなじで、周りの人間を振り回してしまっているんです」

「でも、今回の手首の傷はかなり気合いが入ってると思うんですが……」

「そうなんですか？　ま、なんかの間違いで力が入りすぎちゃったんでしょうな、きっと」

自殺患者診療のエキスパートはにべもない。

彼らによれば、患者自身の死にたいという思いの強さに応じて、その自殺手段が異なってくるらしい。

リストカットや、睡眠薬の大量服用などというものは、自殺企図のエネルギーは非常に小さく、反対に、ほとんど即死が見込まれる高層ビルからの飛び降りや、電車への飛び込みには、大きなエネルギーがあるというのである。

確かに、手首を切ったぐらいで死ねるなんぞと思うのは大間違いである。仮に動脈に到達できたとしても、その動脈から体中の血液が流れ出ることは有り得ず、多少の出血があっても短時間の内に自然に止血してしまうのが落ちであろう。

大量の睡眠薬を服んだ時も同様である。何のことはない、ぐっすりと眠っているだけなのである。意識がないということで救命センターにしばしば担ぎ込まれてくるが、それとわかれば、我々としても目が醒めるまでブン投げておくだけである。

おそらく、そうしたことを、患者もよく知っているのであろう。

もちろん、よく言われるように、軽いエネルギーの自殺は、実は「クライ・フォー・ヘルプ」つまり「助けてほしい」という訴えであることが多いとされる。医療者としては、そのメッセージを見逃してはいけないのであるが、中にはそれで味を占めてしまう患者が出てきてしまうというわけである。

「退院する前に、一応ご家族にはカウンセラーを紹介しておきましょう、もっとも、彼女がカウンセリングにうまく乗るかどうか、危ないもんですがね」

「じゃあ、長谷川さん、もう退院にしましょう」

「え？　でも、まだ、左手の傷が痛むんですが」

「しょうがないでしょ、しばらくは我慢してもらわないと、だってあなた、自分で傷つけたんだから」

「まだ、指も動かないし……」

「そりゃそうさ、神経まで切れていたんだもんな、ま、繋ぐだけは繋いでおいたけれど、その指が元通りに動くことは期待しない方がいいよ」

「……だって」

「だっても、へったくれもない、あんた、自分でやったんだからね」

「………………」

「少しは、周りの心配や迷惑ということも考えて下さいよ」

と、突然、患者の目付きが変わった。

「ふん、あんたたちにゃ関係ないだろう、ほっといてよ！」

「こりゃまた、ずいぶんな言い方だね」

「あたしゃ、助けてくれなんて言った覚えはありませんからね！」

「な、なんだって？」

「退院したら、また死んでやる！」

「どうぞ、ご勝手に、ただし言っとくぞ、二度とここには来るなよ！」

「ふん、誰がこんなところに来てやるもんか！」

医者だって人の子である。売り言葉に買い言葉、てめえの生命を粗末にするような連中の顔なんぞ、金輪際見たかねえや！　こんなやりとりが最後にかわされた。

「そうだったよな、え？　長谷川さん」

患者は聞こえないふりをしている。

「じゃあ、先生、治療止《や》めましょうよ、だって本人がほっといてくれって言ってるんですから」

「そうですよ、自分が好きでやってるんでしょ」

悪戦苦闘の末、点滴の一本もとらせてくれない腹いせか、若い研修医たちが口を揃える。彼らの気持ちもわからないでもない。この二年間に長谷川洋子に何があったか知らないが、もし左手の自由が利かないなんぞということを理由に甘えたことを言ってきたんだとしたら、それこそ自業自得、医者としてこの患者にしてやれることなど何もありゃしないと思ってしまうのも、無理のないことだろう。

「まあ、待て待て、それで？　今回はいったい何を服《の》んだんだい、長谷川さん」

「………」

「それぐらいは、教えてよ」

看護婦や研修医たちに悪態をついている合間に、何度かゲエゲエ吐いているところを見ると、何かを口にしたことは間違いなさそうである。

「あ、先生、報告が遅れました、患者のそばにこれがありました」

救急隊長が差し出したのは、青黒い液体の入ったプラスチックのボトルであった。

「どれどれ」

当直医の顔色が、突然、変わった。

「長谷川さん、ねえ、ほんとにこれ、服んじゃったのかい？」

それまで、半ばあきれ顔であった当直医の表情が険しくなった。

「さ、本当のことを言いなさい！　冗談や狂言ではすまないんだよ、こいつは！」

一瞬、視線を合わせた患者が、再び背中を向けて手足をばたつかせる。

「ほっといてちょうだい、あんたたちには関係ないでしょ、帰るわよ、帰りゃあいいんでしょ！」

押さえつけていた看護婦の手を払いのけようとした途端、再び激しい吐き気が患者を襲う。

患者の前に回って、力ずくでその顔を起こし、口の周りや前胸部についている吐物の色を見て、当直医が溜息をつく。

「やっぱり服んでんだな」

キョトンとする研修医や看護婦たちに、とにかく点滴を入れろ、採血しろ、尿を採れ、胃洗浄の準備だ、などと大声で指示を出しながら、当直医は青黒い液体の入ったボトルを再び手に取った。

――「クサトレール」か、いかにも安直なネーミングだよな
その成分には、やはりかなりの濃度の「パラコート」が含まれている。

「な、何なんですか、先生、パラコートって？」

「こいつかい？　こりゃあ、残酷な農薬なんだよ」

パラコートというのは、除草剤の一種で非常に優れたものとされている。

都市部ではあまり見かけないが、郊外の園芸店や地方の農家に行けば、簡単に手に入る代物である。下町の救命センターにパラコート中毒の患者が担ぎ込まれてくるのは、何年かに一回というぐらいしかないが、地方の救命センターには、かなりの数の患者がいるはずである。

多くは、農作業中に誤って目に入ったとか、手についたというぐらいで、そうそう大事には至らないのだが、問題は、パラコートを大量に経口摂取してしまった場合である。

そのパラコート製剤は、大半のものが青褐色から青緑色の、いかにも毒々しいといった、一言ではなんとも言い表せない独特の色をしている。少なくとも、スタミナドリンクやジュースなどと間違えて飲んでしまうという類のものでないことだけは確かである。さらに、製剤に臭いや苦みをつけることで飲みにくい味にしたり、また催吐剤が添加されており、万が一飲んでもすぐに吐き出すような工夫がされている。

ということは、大量に経口摂取して担ぎ込まれてくるのは、いわゆる痴呆老人などを除けば、自殺企図患者だということを意味している。

「そうなんですか、でも、先生、農薬って大体特効薬があるんじゃないですか、例えば、有機リン製剤に対するアトロピンとかパムとか……」

東京育ちの若い研修医たちが日常目にできる農薬は、せいぜいが家庭菜園用の殺虫剤である有機リン製剤ぐらいであろう。

もちろん、この殺虫剤の最も強力なものが、例の「サリン」ということになるのであるが、それでも、アトロピンやパムなどがやはり特効薬として有効なのである。

すわ、農薬中毒！　という連絡が入っても、それが有機リン製剤によるものとわかれば、まずはひと安心するというのが、救命センターなどで中毒を見慣れている医者の本音である。

しかし、それがこのパラコートということになると話が違ってくる。

尿検査で、パラコートを間違いなく、しかもかなり大量に服用したことが確認された患者は、胃洗浄を行うべく、有無を言わさず、水道につけるホースほどにも太い管を喉の奥に突っ込まれる。それが終われば、今度は腸の方に流れ込んでしまったパラコートを少しでも排泄させようと下剤と浣腸をかけまくる。その後集中治療室に移される患者は、すでに血液中に吸収されてしまったパラコートを除去するために、血液浄化という治療を連日連夜実施されることになるのだ。

「こりゃ、まるで、中毒の治療法のオンパレードですね、先生」

これだけの治療をやっているんだから、この患者も大丈夫だろうという顔つきの研修医たちとは反対に、ベテランの顔色は冴えない。

「どうだい、長谷川さん、少しは吐き気がおさまったかい？」

しかし、それでも患者はそっぽを向いている。

「死のうなんて、全然考えてませんよ、彼女、やっぱり」

救命センターに収容されて三日後、ようやく精神科の診察を、しぶしぶだが受けることを承知した。

やっぱり、しかし精神科の見立ては、前回と同様であった。いわゆる精神疾患によるものではなく、今回の自殺企図もまた狂言だということである。

「そうですか……ところで、あの除草剤、どこで手に入れたって言ってました？」

「ええ、大分前に、どこかの園芸店で求めたようですね」

「パラコートって知って買ったんでしょうか？」

「いえ、棚に並んでいる中で、一番先に目についたんでそれを選んだって……その色合いが気に入ったとか言ってましたね、きれいな群青色なんですって、パラコートってのは？」

「群青ねえ……ま、そういう表現もあるんでしょうが」

「それで、見通しはどうなんですか？」

「実は……かなり、悲観しています」

「と、言うと」

「ええ、四、五日うちにはもっていかれるんではないかと……」

「えっ！　本当ですか？　だってあんなに元気ですよ、彼女」

研修医も精神科医も、どうやらパラコートの恐ろしさを知らないらしい。

「長谷川さん、どう？　具合は」

「……あの人に、迷惑かけちゃったみたいで……」

「あの人って？」

「浜松の……」

「ああ、救急車をわざわざ呼んでくれた人ね、しかし今回はまた、ずいぶんと殊勝な物言いじゃねえか」

「……退院したら、来週にでも行ってこなくちゃ」

「退院……できればね」

「明日にでも退院できるんでしょ、先生」

「…………」

――そいつは無理だな、それどころか、命の保証がないんだぜ……

主治医は、思わず言葉を呑み込んだ。

患者の容態がおかしくなってきたのは、その日の夜からである。

パラコート中毒で命を落とすのは、大半が呼吸障害によるものである。息を吸うことはできるのであるが、肺そのものがダメージを受け、体内に酸素を取り込む力が低下してくるのだ。

患者は、最初、軽い息苦しさを訴えている程度なのだが、進行するにつれて、血液中の酸素濃度が徐々に低下し、それに伴い意識も朦朧《もうろう》となっていく。

ひとたびこの呼吸障害が進行し始めると、それをくい止める有効な手段は無く、最後は、たとえ人工呼吸器を装着しても酸素がまったく取り込めなくなり、いわば窒息状態で絶命することとなる。

パラコート中毒の死に様は、まさしく、真綿で首を絞められていくといったふうであるのだ。

「残酷な農薬だっておっしゃったのは、そういう意味だったんですね」

しかしそれだけではない。パラコートを服《の》んで自殺しようと思う人間は、この猛毒を服めば、瞬時の内にあの世に旅立てると考えるようだが、現実は、そんなに甘くない。

致命的なこの呼吸障害が現れるのは、実は、大体数日経ってからである。それまで患者は、肉体的な苦痛をあまり感じずに過ごすことが多いのだ。

なんだ、こんな農薬服んでも、死なないじゃないか、と拍子抜けでもするのであろうか、

——死なくてよかった

——いや、本当に馬鹿なことをしました、自殺だなんて

——退院して、また一からやり直します

なんぞと、前向きの言葉を口にしながら、結局は当初の目的通りになってしまったパラコート中毒の患者を、救命センター暮らしが長いベテランともなれば、幾人も知っているのである。

「な、残酷だろ、パラコートって……」

「これで、お得意様が一人減っちゃいましたね、先生」

「救命救急センターなんざ、客が来ないに越したことはねえんだよ」

大方のパラコート中毒と同じように、長谷川洋子も帰らぬ人となってしまった。彼女が、狂言自殺を企ててここに担ぎ込まれてくるということは、もう二度とないのである。

「でも、あんまり、寝覚めはよくねえな」

「そうですか？　だって、我々は最善を尽くしたんだし、何より彼女自身なんですからね、パラコートを服んだのは」

「しかし……彼女自身は、死にたいと本当に思っていたわけじゃないんだから」

「そんなこといったって、そりゃやっぱり彼女の責任ですよ」

「そうかなあ」

「だって、園芸店の棚から、有機リン製剤の殺虫剤ではなく、よりによってパラコートを選んじゃったのは、間違いなく彼女自身なんですから」

若い研修医の言うことは道理である。

「しかし、狂言自殺でしか自分というものを表現できなくなってしまっていたのも、それも自分の責任かい？」

「ええ、精神科の先生がおっしゃったように、そりゃまさしく彼女の人格がなせる業《わざ》なんでしょ」

「…………」

「もちろん死ぬ気なんぞはなかったんでしょうけど、てめえの生命をもてあそんでいたんですからね、こうなってしまったってことは、ま、自業自得っていうんじゃないんですか、先生」

彼の言い分は、一々もっともである。

確かに、最悪の結果を招いたのは彼女自身である。だとすれば、彼女の死は、まさしく彼女自身が『自己決定』したのであり、その結果に対する責任は彼女自身が負わなくてはならないということになるのだろう。

だが……生身の人間のやってることなんて、そんな数式のようにクリアカットに割り切れる代物じゃないだろう。

そう、人生って、あのパラコートの色合いや味と同じように、一言では言い尽くせないものなんだぜ、きっと……

善意

過日、衆議院において一つの法案が可決された。臓器移植法案である。現在（平成九年六月）は参議院に送られて審議が継続されている。

この法律案は、脳死状態の患者から、例えば心臓や肝臓、腎臓といった臓器を取り出して、別の患者に移植できるようにしようというものなのだが、『脳死』が『人の死』であるという前提に立っている。

この『脳死』とはいったい何なのか。これを説明するのは、実のところ、非常に難しい。そもそも、『死』ということを説明することさえ、古来さまざまに試みられ、それでもいまだに形而上のあるいは実人生上の最も大きな問題として盛んに論じられているのである。

そんな『死』という概念と深く関わる『脳死』ということを、一口で説明するのは、それこそ至難の業である。

何年か前に「臨時脳死及び臓器移植調査会（脳死臨調）」と呼ばれた政府の審議会があり、それが『脳死』の定義というものを発表したのであるが、それによれば、「脳死とは脳幹を含む全脳の機能の不可逆的停止」ということであった。

一度聞いただけでは、にわかに理解できるしろものではないのだが、早い話、脳がその働きを止《や》めてしまって、二度とその働きの戻ることがない状態を脳死状態と名付けたのである。

そして、今、目の前にいる患者が脳死状態にあるのか否か、つまり脳の働きが二度と戻らぬ『不可逆的停止』をしているのかどうかということを判断する基準として採用されたのが、その考案者の名前をとって『竹内基準』と呼ばれているものなのである。

別の言い方をすれば、この竹内基準を満たしている状態を脳死状態と呼ぼうということになったわけである。

そして、先日衆議院で可決された臓器移植法案は、こうした脳死状態にある患者を、すでに死んでしまっている人すなわち死体として取り扱うということをその前提にしている。つまり、この法律案は、『脳死』=『人の死』と規定したものであるということになるのだ。

ところが、この脳死状態の患者、手足をまったく動かすことができず、また自力で息をすることもできないために人工呼吸器を装着されてはいるのだが、心臓はしっかりと動いており、顔色もよく、手足も暖かいのである。

そんな脳死患者のベッドサイドへ行って顔をのぞき込むと、ただただ眠っているようにしか見えず、にもかかわらず、それを死体としてしまうことに、例えば宗教界や障害者団体などの多方面から、猛烈な反発や懸念が出されている。

それでは、何故そんな強い反対を押し切ってまで、『脳死』＝『人の死』と法律で定めなければならないのであろうか。

断っておくが、すべての脳死状態の患者が、臓器を取り出される人間つまりドナーになるわけでは決してない。まず患者の年齢、その患者が脳死状態に陥ることになった原因、そしてこれまでにかかった病気等々さまざまなことが検討され、ドナーとしてふさわしいかどうかが決められるのである。

しかし、最も重要なことは、脳死状態になってしまったその患者自身が、臓器の提供ということを望んでいたかどうかということである。

そうした患者自身の意思を、あらかじめ表示しておく方法の一つとしてドナーカードと呼ばれるものがある。いわば一種の遺言状と思っていただければよい。「私が脳死状態になったら、臓器を提供します」という文面である。

臓器提供が、このドナーカードによってのみ行われるのであれば、実は、脳死状態の患者をなにも死人扱いする必要はない。遺言状に書いてあるとおり、本人の望むところに従って、脳死の状態で臓器を摘出してあげればよいだけのことである。

しかし事はそう簡単ではない。実は、このドナーカード、まだまだ普及していないのである。下町の、この救命救急センターを例にとってみても、これまでに担ぎ込まれてきた患者の中で、ドナーカードを持っていた患者は、ただの一人もいない。

それほどまでにドナーカードなるもの、一般にはまだ知られていないのである。従って臓器の提供を、そうしたドナーカードだけに頼っていると、必要な数の臓器がなかなか手に入らないというのが大きな問題となってくる。

脳死状態の人を、すでに死んでしまった人として取り扱おうという発想は、そんな現状を憂慮して、一つでも多くの新鮮な臓器を手に入れようと考え出されたものなのである。

つまり、死体の管理権というものは、通常その遺族にあるとされるのだが、だとすれば遺族が承諾しさえすれば、その死体から臓器を取り出すことができるというわけである。

この理屈に立てば、たとえ脳死患者本人が臓器提供の意思を示すドナーカードを持っていなくとも、脳死状態はすでに死体なのであるから、その脳死患者の家族さえ承知すれば、臓器を取り出すことができるじゃないかというわけである。

「ね、こうすれば、ドナーカードが普及しなくても臓器が手に入りやすくなるわけですよ、え？　本人の意思が判らない時にそれを家族に判断させてもいいのかですって？　いいに決まってるじゃないですか、だって家族なんですよ、家族こそが患者のことを一番よく知っているはずだし、何より患者のことを一番大事に思っているわけですから、まさしく、『善意』に基づく臓器提供というわけですよ」

あちらこちらで耳にする、それこそ『善意』の医者たちの言葉である。

さてさて、その家族というもの、テレビドラマに登場してくる、それこそ、『善意』を絵に画いたようなものばかりなのであろうか。

前置きがずいぶんと長くなってしまったが、今回は、家族にまつわるそんなお話である。


「いやあ、先生、あんな家族っているもんなんですかね、呆れちゃいますよ」

朝、当直医から前夜の申し送りを受けるモーニングカンファレンスの前に、医局で一服お茶を飲んでいるところへ、若い医者が、いかにも憤懣《ふんまん》やるかたないという顔で飛び込んできた。

「どうしたんだい、当直明けだっていうのに、ずいぶんと威勢がいいじゃねえか」

「いえね、昨日の夜、頭の手術があったんですよ、それがですね……」

「まあまあ、コーヒーでも飲んで落ち着きなよ、カンファまで、まだ時間があるから」

「さあて、それじゃあ申し送りを始めようか」

全員が揃ったところで、モーニングカンファレンスが始まった。

若い医者のいらつきのもとになっているその患者が担ぎ込まれてきたのは、昨夜十一時頃のことであった。

「救急隊によれば、歩道橋の階段の下で仰向けに倒れていたそうです」

「病院に着いた時の意識は？」

「昏睡状態です、もっともかなり酒が入ってる様子でしたので、正味の意識はわかりませんが」

「バイタルサインは？」

「比較的安定してはいましたが、血圧がかなり高めでした、それですぐにレントゲン検査に行ったんですが……」

若い医者の手によって幾枚ものレントゲン写真がシャーカステンにかけられる。

「ご覧の通り、左の側頭骨に骨折線がみられます」

「ほほう、こりゃ立派な骨折だ、相当な外力だよな、受傷機転は？」

「警察は、おそらく歩道橋の上から転落したんじゃないかと言うんですが……」

「酔って階段を踏み外したってわけか」

シャーカステンに新たな写真がかけられる。

「これが頭のCTです」

「あれえ、こりゃ外傷なのかい？」

CTで映し出された脳味噌の周囲が、白いペンキを塗ったようになっている。

脳味噌の表面はクモ膜という膜でおおわれている。その膜と脳味噌の表面との間の空間をクモ膜下腔《くう》と呼ぶのだが、止常の場合、このクモ膜下腔は脳脊髄液という液体で充たされている。その液体はCT上では、通常黒く映し出されるため、ちょうど脳味噌の表面が黒く縁どられているように見えるのである。

それが白くなっているということは、脳脊髄液の中に大量の血液が存在していることを意味している。クモ膜下腔への出血である。

「ひどいクモ膜下出血だな、ほんとに外傷性のものなのかい？」

クモ膜下出血をおこす一番多い原因は、脳動脈瘤の破裂である。

動脈瘤というのは、何らかの原因で動脈の一部分に弱いところができ、そこがちょうど瘤《こぶ》のように膨れてしまったものをいう。全身の動脈にでき得るのであるが、できた場所によって、たとえば胸部大動脈瘤、腹部大動脈瘤、脾動脈瘤などと命名される。

脳動脈瘤は脳味噌に血液を供給している動脈にできるものなのであるが、この動脈は、クモ膜下腔を走っているのである。従って、脳動脈瘤が何らかの原因で破裂すると、血管外に流れ出た血液はクモ膜下腔に溢れることになる。これが脳動脈瘤破裂によるクモ膜下出血というわけである。

「そうなんです、確かに骨折があって、外傷性のクモ膜下出血とも考えられるんですが、ひょっとすると、たまたま歩道橋の上で動脈瘤が破裂し意識を消失、そのために階段を踏み外して転落してしまったということも充分有り得ると考えます」

頭を強く打った時、その衝撃で脳味噌に傷がついたり、あるいは脳味噌の表面の細い血管が傷ついたりして、出血することがあるのだが、その時の出血もやっぱりクモ膜下腔にひろがることになる。これが外傷性クモ膜下出血と呼ばれるものである。

「目撃者が誰もいないものですから、意識を失くしたのが先なのか後なのか、ほんとのところはわからないんです」

こうしたことは、救命救急センターでは別に珍しいことではない。

交通事故で運ばれてきた患者がクモ膜下出血を起こしている場合、外傷によるものなのか、運転中にたまたま脳動脈瘤の破裂を起こして意識を失くして事故になってしまったのか、レントゲンやCT検査だけではなかなか判別がつかないのである。

死後に解剖してみてもはっきりしないことが多く、このことは法医学上でも大きな問題とされている。

「脳室内にも出血があるね」

当直医への質問が続く。全員の目がシャーカステンにかけられているCT写真を見つめる。

「すでに水頭症になりかかっているようだけど……」

「ええ、ご指摘の通りです」

脳味噌は、豆腐のような組織でできているのだが、単なる塊ではなく、実はその中に脳室と呼ばれる空間がある。

左右の大脳半球の中にあるものを側脳室と呼び、それらを繋ぐ位置にあるものを第三脳室という。さらにそれは、大脳と小脳との繋ぎ目に存在する中脳水道と呼ばれる細い管につながり、そしてそれが小脳の中にある第四脳室に連なっていくのである。

こうした一連の脳室は脳脊髄液と呼ばれる液体で満たされているのだが、これは脳の表面にあるクモ膜下腔を満たす脳脊髄液と同じものである。

左右の側脳室で作り出される脳脊髄液は、側脳室から第三脳室、さらに中脳水道を経て第四脳室に流れていく。そして、そこから脳の表面にあるクモ膜下腔へと出ていき、再び組織の中へ吸収されていくのである。

つまり、脳室とクモ膜下腔は、実は脳組織の内外でつながった一つの空間であり、その中を、脳脊髄液という液体が一定の方向に循環していることになる。

そのために、脳表のクモ膜下腔で起こった出血は、脳脊髄液の流れとは逆のルートをたどって脳室内に入り込んでくることがある。

それが血液であるために、例えば第四脳室や中脳水道あたりまで入り込んで固まってしまうと、第三脳室からの脳脊髄液の流れをブロックしてしまうことになる。

ところが、上流の側脳室では脳脊髄液を作り続けているために、側脳室や第三脳室に脳脊髄液が貯留してしまい、詰まったゴムホースよろしくその内圧が高まり脳室が大きく拡張してしまう。その結果、周囲の脳味噌が強く圧迫されることとなり、生命に危険が及ぶ。

これが急性の水頭症と呼ばれるものである。

「はい、これ以上の水頭症の進行は危険だということで、脳室ドレナージを実施しました」

「頭の手術ってえのはそのことか」

頭蓋骨に径二センチほどの穴を開け、そこから拡張した側脳室に細いチューブを挿入、中にたまっている脳脊髄液を脳室外に導き出してやるのである。

せいぜい一時間程度で終わる手術であるが、水頭症が急激に進行し生命に危険が及ぶことを防ぐ上で、非常に有効な処置である。そうやって時間を稼いでいるうちに、原因となった血腫が融解し、再び脳脊髄液が流れるようになり、大事にいたらないですむことが期待できるというわけである。

「これが、術後の写真です」

「うん、ドレナージがよく効いてるじゃないか」

「で、家族がどうしたって？」

モーニングカンファレンスが終わり、午前の処置が一段落した後、さっきの受け持ちの若い医者をつかまえる。

「家族っていうのは、奥さんのこと？」

「いいえ、患者はまだひとりもんのようです」

「もういい歳じゃなかったっけ？」

「ええ、五十に手が届こうかというところです」

「一人暮らし？」

「そのようです」

その若い医者の話によれば、こうであった。

患者を担ぎ込んできた救急隊は身元不明だと言っていたのだが、手術中に警察から電話があり、身元が判明し家族には連絡をとったということだった、それで手術が終わるまでには家族が病院に到着するのだろうと思っていたところ、待てど暮らせどその家族というのがやってこない、いったいどうしたのかと訝《いぶか》っていたら、患者の兄弟というのが一人、やってきたというのである。

「何時《いつ》きたと思います、先生」

「……？」

「先生、朝の八時ですよ、救急車が病院についたのは前日の夜の十一時前にもかかわらず、です」

「そりゃあ、実家の場所とか足の便とかによるんじゃないの」

「いいですか先生、なにも海の向こうからってわけじゃないんですよ、実家があるところは、たかだか五分ぐらいのところなんですからね、患者が倒れていた歩道橋のところから、それに、この病院にだってタクシーを飛ばせば十分ぐらいでこられるところなんですから」

「……だから何か理由が……」

「意識不明の重体だって聞きゃあ、どんな事情があるにせよ、すぐに飛んでくるじゃないですか、普通の家族だったら、先生、違いますかあ？」

「いや、そりゃまあ、そうだが……」

「いえね、私も変だなあと思って尋ねてみたんですよ、どうしてすぐにお見えにならなかったんですかって」

「そしたら？」

「そしたら、なんて言ったと思います、その弟ってえのが」

「……？」

「死んだなら病院から連絡があるだろうと思ってたって、こうですよ」

「な、なんだって……じゃ、何でやって来たんだい、病院に？」

「ええ、言ってやりましたよ、病院から死んだっていう連絡があったのかって」

「そしたら」

「会社に行く通り道だから、ちょっと寄ってみたんだって」

「お、おいおい」

「殴りつけてやろうかと思いましたよ、おもわず」

無理もなかろう、瀕死の重症患者を何とか救命しようと徹夜で必死に働いた後で、患者の家族からそんなことを聞かされれば、どんなにできた医者だって平気ではいられまい。

「その弟っていうのは、どんな感じだったの？」

「ええ、パリッとしたスーツを着てましたし、インテリジェンスも高そうな、いかにも一流企業の管理職っていう風情だったですね」

「実の兄弟なの？」

「ええ、だということでした」

当の患者は、ボサボサの頭に無精髭、垢にまみれたヨレヨレの作業着、泥で汚れた素足にサンダル姿で担ぎ込まれてきたのである。実の兄弟だとは、にわかには信じられないのも無理はあるまい。

「で、患者の容態は、ちゃんと説明したんだろ?」

「もちろんですよ、頭蓋骨が骨折しており激しいクモ膜下出血をおこしている、緊急処置は施したが、ここ一両日がヤマであるって、それにこうも言ったんですよ、我々としては、生きている間にご家族の方が間に合ってくれてよかったと、ほっとしているって」

「そしたらその紳士、なんて言った?」

「なんだ、まだもつんですか、それじゃあ会社に行きますって、顔色一つ変えずにそう言うんですよ、思わず自分の耳を疑っちゃいましたよ」

まさしく、目がテンになるというやつである。

「ちょ、ちょっと待って下さい、お兄さんの顔を見なくてもいいんですかって大きな声を出したら、これまた平然と、結構ですって言うんです」

その時の、若い医者の呆れた表情が目に浮かんでくる。

「こっちも切れかかってましたんでね、ほんとにいいんですか、お兄さん、ひょっとしたら、誰かに歩道橋の上から突き落とされたのかもしれないんですよって、ふっかけてみたんです」

「なるほど、そしたらなんて言った?」

「別にそれでも構いませんって……」

「へえ、そこまで言うのか」

「ええ、それであんまり頭にきたんで、実の兄弟っていうわりには、ずいぶんと冷たいんじゃありませんかって、怒鳴ってやったんです、そしたら……」

「そしたら？」

「怒鳴りたいのはこっちの方だって……」

「え？」

身分証明書なんぞを持っていなかったのに、どうしてすぐに警察に身元がわかったと思いますか、先生、あいつは札つきなんですよ、酔っぱらってはケンカ沙汰をおこして、しょっちゅうあちこちの交番でやっかいになってる、その筋じゃ有名人なんです、こちらはその度に警察に呼び出されるんです、それだけならまだいいですよ、ロクな仕事にもつかず、朝から酒浸り、酒代がなくなると実家に無心にやってくる、母親が拒むと殴る蹴るの暴力三昧、そんなことがここ何年も続いてきたんです、あいつがこんなことになったのも自業自得なんですよ、どうなろうと私どもの知ったことじゃありませんから……

「そうか……ま、このあたりじゃあ、ありがちな話、ではあるよな」

「ええ、私もこの救命センターにはだいぶやっかいになってますからね、似たような話を幾つも見聞きしてきましたから、そうですか、事情はわかりました、そういうことでしたら万が一の時になったら連絡するということでよろしいでしょうかって、ホコを収めたんですよ」

「事情がわかって、まずは納得したっていうところか」

「はあ、彼もそれでいいというので、何とか気を取り直せたんですが……」

「別に死に目にあえなくても構わないっていうんだったら、こちらも気が楽だというもんじゃねえのか」

「ところがですね、それじゃあそういうことでって別れようとした時の彼の最後の一言で、完全に切れちゃったんです」

「一言？　なんて言ったんだい」

「先生、もし、脳死だっておっしゃるんだったら、どうぞあいつの臓器を使って下さいって」

「な、なんだって！」

「思わず、えっ、今、何とおっしゃいましたかって聞き返しちゃいましたよ」

「まさかその患者、ドナーカードを持ってるなんて言うんじゃねえよな」

「違いますよ」

「じゃあ、どうして……」

「あいつはこれまでさんざん他人様《ひとさま》に迷惑かけてきたんです、最後に社会にお役に立てるんだったら、どうぞ心臓でも肝臓でも何でも、先生のお好きなように使ってやって下さいっていうわけなんです」

「お、おいおい、まさかおまえさん、わかりましたなんて言っちゃったんじゃねえだろうな」

「当たり前ですよ！」

呆気にとられている内に、その弟はそそくさと部屋を出ていってしまったということであった。

「ねえ、先生はどう思われますか、こんな家族を」

「どう思うったって……ま、そんな家族なんだろうさ」

先生、欲しきゃ、心臓でも肝臓でもお好きにどうぞ、と言い放った時の、実の弟の冷《さ》めた表情を思い出したのか、若い医者のトーンが再び上がってくる。

「そりゃね、その患者に、これまでずいぶんひどい目にあわされてきたんだとは思いますよ、だからって、肉親の臓器をホイホイ上げますよなんて言っていいんですか、先生！」

「まあまあ、落ち着きなよ」

「ですが、先生……」

「いや、ま、家族が臓器提供を申し出るのが、こんな場合いいのか悪いのか、俺にはよくわからないが……」

「しかしですね……」

それほどの共感を得られず、涼しい顔で受け流されてしまったためだろうか、若い医者は、床に視線を落とし、大きく溜息をついた。

「おまえさん、だけど、自分でも言ってたじゃないか、ここの救命センター勤めが長くなっちゃったって」

若い医者が顔を上げる。

「だったらよく知ってるだろ、そんな家族、ここでは別に珍しくもなんともないってことぐらい」

「ええ、そりゃあ、家族が見限ってしまっている患者の例はいくらもありましたよ、でも、初めてですよ、臓器を好きにしてくれなんて言われたのは」

再び語気を強める。移植や脳死なんぞという言葉が、一般の人間の口から簡単に出てくるようになったのは、おそらく、昨今のマスコミでの『脳死』や『臓器移植』談義が影響していることは間違いあるまい。

「臓器を好きにしてくれっていうことの善し悪しはともかくとして、まあ、それぐらいまでに家族関係が破綻《はたん》してしまっているってことなんだろ、きっと」

若い医者が、もう一度溜息をつく。

「家族っていってもこれほどまでに違いがあるもんなんですかね」

「ん？」

「いえ、あの一号室の吉田さんの家族ですよ」

「ああ、そう言えば、あの患者もおまえさんの受け持ちだったよな」

「あそこは、それこそ、絵に画《か》いたようないい家族なんですよ、これが」

救命センターでは、壁や柱に邪魔されずに幾つものベッドが整然と並べられている。集中治療室と呼ばれるそこは、人工呼吸器をはじめとする最新の電子医療機器が所狭しと患者を取り囲み、救命への最大限の努力が行われているのである。

そんな集中治療室をはずれた奥の一角に、この救命センターには「一号室」と称される個室がある。四メートル四方ほどの小部屋である。部屋の入り口の、窓のついた引き戸を閉めてしまえば、部屋の外からでも中の様子を見通すことができるのだが、中の音は漏れず、また中にいれば、集中治療室に飛び交っている、それこそ耳について離れないアラームやモニター類の多くの電子音を、聞かずに済ませることができるのである。

この個室はさまざまな目的で使われる。例えば、他の重症患者に感染させてはいけないような結核患者や、いま流行《はやり》のMRSAなどといった感染症の患者を隔離するために用いたりする。また、光や音に対して敏感に反応して、けいれんや筋肉の硬直をきたしてしまう破傷風の患者などの、安静を保つためにも使われている。

しかし実際に最も多く用いられるのは、「ステルベン・ルーム」としてである。

ステルベン・ルーム……独語と英語とをごちゃ混ぜにして平気な顔をしているのはヤブ医者の常である。ステルベンというのは、独語で「死ぬ」ということを意味する。つまり、英語で正しく言うなら、この部屋は、ダイイング・ルームということにでもなるのだろうか。

言うまでもなく、救命救急センターに担ぎ込まれたからといって、すべての患者を救命し得るわけではない。集中治療室での濃厚治療に応えてくれて快方に向かう患者と、一方そうはならない患者も、少なからずいるのだ。どんなに手を尽くしても、土俵を割ってしまう患者たちがいるのである。

そうなってしまった患者に対して救命センターとしてできることは、その名前が示すところに従えば、残念ながら、もはや何もないということになる。

しかし、救命センターのスタッフが関わっているのは、決して患者だけではない。むしろ、関わりの密度から言えば、実は患者自身よりも、家族をはじめとする患者をとりまく世界の方が大きいのである。

患者への打つ手がなくなり、その死が避けられないものだといった状況に陥った場合、我々がその視野の中に置かなければならないのは患者ではなく、むしろ残される家族の方なのである。そんな家族に何よりも必要なものは、逝かんとしている患者とできるだけ長く一緒にいることのできる時間であり、そして周囲を気にせずに、患者に対する思いを素直に表すことのできる場所なのである。

しかし、重症患者を治療する集中治療室ということで、多くの救命救急センターでは通常、家族や関係者の面会時間を一日三十分ほどに制限している。それに、隣のベッドとカーテン一枚でしか仕切られていないような集中治療ベッドでは、面会に来た家族も、やはり周囲の他人の存在が気にかかってしまう。

意識のある患者自身にとっても、隣のベッドで繰り広げられる、カーテン越しの臨終の愁嘆場なんぞ、思わず顔を背け耳を塞ぎたくなるものでしかない。快方に向かっていた病勢も、再び悪化しようというものだ。

そうしたことのために設けられている個室が「ステルベン・ルーム」というわけである。

「何時《いつ》だっけな、吉田さんを一号室に移したのは」

「昨日の夕方です」

「もたないか」

「一通りチェックしたんですが……やっぱり竹内基準を満たしています」

「仕方ねえな」

もはや時間の問題ということである。


一号室の患者が入院したのは三日ほど前のことであった。

「患者は、吉田直美、三十六歳の女性です」

いつものようにモーニングカンファレンスでプレゼンテーションされる。

「自宅で夫と夕食を摂っている最中に、突然頭痛と吐き気を訴えて倒れたものです、救急隊が現場に到着したときには、すでに昏睡状態で、ほとんど脈も触れなかったようです」

心臓マッサージと人工呼吸を施されながら搬送されてきた患者は、救急外来での処置に反応し何とか自力で心臓が動き出したということであった。

シャーカステンに、頭部CTスキャンの写真が掛けられる。

「ああ、やっぱりクモ膜下出血だね」

話を聞いただけで大方が予想をつけたように、典型的な重症のクモ膜下出血の症例である。

おそらく脳動脈瘤の破裂によるものに間違いない。

「何とかなりそうかい」

「いやあ、難しいですね、ご覧の通り、出血量も多いですし、意識状態の改善が、今のところ、まったく見られておりませんから……」

「どうだ、手術に持ち込めそうか」

「ダメだと思いますよ、たぶん」

ベテランの脳外科医は、どうやら匙を投げている。

「ところで、家族は？」

「ご主人だけですね」

「子どもは？」

「いないようです」

「親兄弟は？」

「二人は同郷らしくて、双方の親戚が今こちらに向かっているそうです」

地名を聞いてみると、どんなに急いでもここにたどりつくのは、夕方近くになりそうであった。

「で、ご主人はどんな様子なの」

「いやあ先生、それがもう、滑稽と言っちゃあ申し訳ないんですが、それぐらい動揺しちゃってますね」

――ところで、ご主人、奥様はこれまでに何か病気をされたことがありますか？

――……

――吉田さん、吉田さん、私の声が、聞こえていますか

――えっ？　あっ、な、なんでしたっけ

――今、奥様の過去の病気のことをお聞きしているんですが……

――ああ、は、はいはい、そ、それで、女房は、女房はどうなんでしょうか

――いや、ですから、ご主人、先ほどから何度もお話ししているようにですね、奥様はクモ膜下出血をおこされて、非常に危険な状態なんです

――き、危険な状態……

病状の説明を受けているときの夫は、視線が定まらず、あまりにもオロオロしていたので、どれほど理解できているのか、主治医としても判断つきかねるということであった。

「ご主人、とても話になりませんね、あれじゃあ」

子供がいない分、きっと仲のよい、それこそ文字通り一心同体の夫婦だったのだろう。

「そうか、詳しい話は親戚が着いてからということにして、ま、とにかくできるだけのことはやろうや」

患者は集中治療ベッドに収容された。人工呼吸器を装着され、ベッドの周りには、点滴台が林立した。

二日後には、しかし、彼女は「一号室」に移っていた。

「先生、僕はもう、ほんとにわからなくなりましたよ」

そろそろ帰り仕度をしようかというときに、若い医者が再びやってきた。

「なんだい、今度は」

いくら若いといっても、当直明けである。この時間、張りのない顔つきになるのはいつものことではあるが、その顔がますます冴えないものになっている。

「どうした、だいぶ疲れてるみたいだな、まあ、そこに座んなよ、どれ、おいしいコーヒーでも淹れてやるから、一息ついたらどうだ」

「それより先生、聞いて下さいよ、一号室の家族なんですがね……」

「ん？ ああ、おまえさんが絶賛していたあの家族かい、それがどうかしたか」

「くれって言うんですよ」

「何を？」

「……腎臓です、吉田直美の……」

「な、なんだって！」

コーヒーを注いでいた手を止めて、思わず振り返る。

「どういうことなんだい？」

「いや、ですから、吉田直美の家族がですね、吉田直美の腎臓を欲しいと言ってきたんです」

「……どうも、おまえさんの言ってることがよくわからないんだが……」

出されたコーヒーをすすりながら、受け持ちの若い医者が話を進める。どうやら吉田直美の従兄弟《いとこ》の中に、慢性腎不全で人工透析の欠かせない患者がいるらしい。そしてその男に直美の腎臓を移植してやりたいというのである。

「当直明けのところに、またややこしいことを持ち出してきて、と最初は思ったんですが、急を聞いて遠距離を駆けつけてきた家族なんだからと思い直して、詳しく話を聞いてみたんですよ」

その話を切り出してきたのは、彼女の叔父や叔母たちだったのだが、吉田直美の両親は、彼女が幼い時に双方とも他界しており、父親の兄弟が親代わりとなって彼女を育ててきたということであった。

――もちろん、直美が死んでしまってからでいいんですが、直美の腎臓を、その子に移植するというわけにはいかんもんでしょうか、先生

――直美さんは、万が一の時、死後に腎臓を提供することは納得してらしたんでしょうか

――いえ、そんな話をしたことはありませんが、親代わりのわしらが言えばきっと承知してくれとるはずですから

――そうですか……ま、条件さえ整えば、できないことはないでしょうが……

そこまで話し終えると、コーヒーカップを置いて、若い医者が一つ溜息をつく。

「なるほど、そういうことか」

「それがですね、先生、その場にご主人が同席していないんですよ」

「ん？」

「いえね、彼が一号室で面会している時にその家族から、先生、ちょっと話があると声をかけられたんです」

「それじゃあ、ご主人の意思は確認できてないんだな」

「そうなんですよ、それで、そのことは、直美さんのご主人も承知してらっしゃるんでしょうかって聞いてみたんです」

「そしたら？」

「ああ、あいつは大丈夫です、わしらが言えば、嫌とは言わないはずだからって、まったく意に介さないふうなんですよ」

彼らが言うには、直美と結婚するにあたっては、ずいぶんと骨を折ったし、その後も何かと面倒を見てきてやっているのだから、わしらが欲しいと言えば、嫌だと言うはずはないから心配はないということであった。

「おいおい、そんなことが通るのかよ」

「でしょ、それ聞いて、腰が抜けそうになりましたよ」

無理もなかろう、瀕死の重症だということで、遠距離にもかかわらずすぐに駆けつけて、ベッドサイドに張り付いてくれるとってもいい家族だ、なんぞと感心していた矢先のやりとりである。

そんな話を聞けば、なんのことはない、腎臓ほしさのためだったのかと、下司《げす》の勘繰りでもしたくなろうというものである。

若い受け持ち医は、皮肉の一つでも言ってやりたいのをじっと我慢して、とにかく話はわかりましたが、ご主人の意思も確認しなければなりませんし、私の一存では即答できかねますので、明日上司ともう一度お話を伺いますと、その場を収めるのがやっとということであった。

「ということなんで、先生、明日よろしくお願いします」

周囲の出来事を知ってか知らずか、一号室の患者は、人工呼吸器につながれたままながらも、その状態は安定していた。

「さ、皆さん、こちらへ入って下さい、ご主人も、どうぞ座って下さい」

患者の夫、その両親、そして直美の叔父や叔母たちが狭い応接室の中に揃った。夫は、初めて見たときのオロオロした感じはなくなっていたが、いかにも憔悴《しょうすい》しきった表情をしている。それにひきかえ夫以外の人間は顔色もいい。

「受け持ちから話は聞きました」

「どうでしょうか、先生、腎臓を移植できますでしょうか」

「はあ、その前にもう一度皆さんの意思を確認しておきたいのですが、ご主人は本当によろしいんですか」

腰をおろしてからずっと首をうなだれていた夫は、その質問にも顔を上げず、一言も答えようとはしない。

「いかがですか、ご主人」

「先生、大丈夫ですよ、私たちが納得させますから」

夫への質問を遮るように、直美の叔父たちが割り込んでくる。

「こいつは、直美とは幼なじみで、小さい頃から私たちもよく知っとるんです、結婚してからも、ずいぶんと面倒を見てきとりますから……」

「……そうですか、ところでご主人の方のご両親はいかがですか」

「はあ……この子さえよければ何も……」

当の夫は、険しい表情で俯《うつむ》いたままである。

「ご主人は、いかがですか」

「…………」

「イヤだったら、イヤだとおっしゃって下さい、ご主人の気持ちが一番大切なんですから」

それでも、夫は口を開こうとしない。両の拳《こぶし》を固く膝の上で握りしめたまま微動だにしない。

「亭主のことは何とかしますから、先生」

しびれを切らしたような口調で、叔父が再び口をはさむ。

「わかりました……ところで、腎臓を必要とされている方の血液型はご存知ですか」

「はあ、えっと、確かB型です」

「おい、彼女の血液型は?」

横に座っている受け持ちの方を向く。

「A型です」

「A型か……」

額に手を当て大きく息をついた医者の顔に、部屋中の人間の視線が集まる。

「これは一番最初にお話ししておくべきことだったかもしれません、他の臓器であれば、血液型が違っても移植できる可能性があるんですが、申し訳ありません、腎臓移植は、実は同じ血液型同士でないとできないんです」

叔父たちが顔を見合わせる。

「そ、それじゃあ……」

「ええ、ほんとに残念ですが、その方に直美さんの腎臓は移植できません」

叔父たちが落胆の表情に包まれたその時、一瞬、夫の顔から険が消えた。

「……ですが」

「え?」

「直美さんの腎臓を、その方以外のA型の人に提供することは可能ですが……」

何秒間かの沈黙のあと、叔父が口を開いた。

「いや、それは困ります、どこの誰ともわからん他人なんぞに、直美の腎臓をやろうとは思っとりませんから……」

「そうですか……で、ご主人は?」

夫は、きっぱりとした口調で語った。

「その話は、先生、お断りします」

「わかりました、この話は、これでおしまいです、忘れて下さい」

電車の時間と葬儀の準備があるからと、吉田直美の親戚たちは、彼女がその最期を迎える前に東京を後にした。

心臓が停止する瞬間、一号室のベッドに横たわっている彼女の傍らにいたのは、夫一人だけであった。その夫は、主治医に促されるまで、冷たくなってしまっているはずの患者の手を、じっと握りしめていた。

「先生、お世話になりました、ありがとうございました」

「……吉田さんは、お子さんがいらっしゃらなかったんでしたっけね」

「はあ……欲しかったんですが、なかなか子宝に恵まれなくて……」

「そうですか、それは残念ですね……これからは、淋しくなっちゃいますよ、どうか気を落とされませんように」

「はい、ありがとうございます、でも、田舎には、親戚もたくさんおりますから……」

死化粧を入念に施された吉田直美の遺体は、夫に付き添われ、寝台車で生まれ故郷に向かった。

「でも、先生、彼女の親戚たちはいったいどんな顔をして、あのご主人を迎えるんですかね」

「さあて、どうすんのかな、しかし、あんまり、そんな席にはいたかねえやな」

「まったくですよ」

「しかし、おまえさん、あの家族はいい家族だって誉めてたんじゃなかったっけ」

「はあ、いい勉強になりました、いろんな家族がいるんだなって」

「そうね、健康な時には隠れている家族の本音が、病気や怪我をしたとたん立ち現れてくるんだよなあ、これが」

「でもまさか、移植がからんでくるとは思ってませんでしたよ」

「もし、ご主人の立場だったらどうしてるかな?」

「私がですか、そうですね、きっと大声で怒鳴ってますよ、人の女房のことをなんだと思っていやがる、ってね」

「そうだよな」

「でも、先生、どうして最後に、他のA型の人に提供できますよって、わざわざおっしゃったんですか」

「どうしてだと思う?」

「……まさか、叔父たちの本音を引っ張りだそうなんて考えていたわけじゃないでしょうけど」

「結果的にはそうなっちゃったみたいだけど、そこまで意地悪くはできてないさ」

「と、いうと」

「うん、そう言えば、ひょっとしたら、ご主人が救われるような気がしてね、腎臓を提供することになっても、そうならなくても……」

衆議院を通過しただけで先の国会では継続審議になるだろう、という大方の予想に反して、『臓器の移植に関する法律』が可決、成立してしまった。

「脳死状態での臓器提供の意思を、あらかじめ文書で表明している患者が脳死状態に陥ったときのみ、それを人の死として扱い、臓器の摘出を認める」という、法律論的には大きな矛盾をはらんだ法律が、政治という妥協の場で生まれてしまったのである。

この秋（平成九年十月）から実施される運びとなったこの法律が、救急医療の第一線である救命救急センターに、いったいどんな影響を及ぼしてくるのやら……

きっと、これまではわからなかった家族や人間関係の真実というものが、我々の目の前にさらされてくるのだろう。

好むと好まざるとにかかわらず、臓器移植という技術を生み出してしまった現代医療の担い手のはしくれの責任として、救命救急センターはそれを、きっと目を凝らして見つめていかなければなるまい。

それがどうぞ、人間への信頼を失わせないものでありますように……

《補足》

平成九年の秋、「臓器の移植に関する法律」（臓器移植法）が施行されてから、すでに三年以上が経過した。

その間、現在（平成十三年一月）までに、十一例の脳死臓器移植が実施されている。この数を多いと見るか、少ないと見るか、いずれにしても、当初はマスコミも大騒ぎをしていたのだが、今では、新聞でもベタ記事扱いになってしまっている。幸か不幸か、この下町の救命センターは、まだ脳死臓器移植の大波に巻き込まれずに済んでいるのだが、おそらくそれも、時間の問題であろう。

しかし、臓器移植法は、三年後の法律見直しを謳《うた》っており、それを受けて、現行では認められていない家族の承諾のみによる臓器提供や、十五歳未満の子供の臓器提供も可能にしようとする法律改正の動きが活発化しており、再び脳死移植論議が巻き起こりつつある。

解説――次のドクター・ファイルを楽しみに

小林和男

浜辺ドクターに初めて会ったのは、この本が第47回日本エッセイスト・クラブ賞を受けた授賞式でのことだった。この賞の選考は相当にややこしく、選考過程の議論は率直で時に過激だと聞くが、その話はここのテーマではない。

授賞式は日本プレスセンタービルの一室で行われ、慣例に従って受賞者は伴侶を伴って栄誉の席に臨むことになっている。こういう招待の形が出来ているのは、余り若い人には受賞のチャンスが少ないということかも知れない。浜辺さんは若く美しい女性を伴って現れ、記念写真に納まった。

ドクター自身も長身でハンサム、ぜい肉などどこにもないきりりとしまった体軀で、その上に医師という社会的にも経済的にも高い評価を受けている人はこういう魅力的な女性に恵まれるものかと、少しひがみ根性でその様子を見ていた。

おやっと思ったのは浜辺さんの挨拶である。「本日は二人でおいでをとお招き頂いたが、私はまだ独身なので恩師のお嬢さんにお願いして同道いただきました」と言ったのである。

年齢からすればもうとうに家庭を持っていてよい方である。プレイボーイの医者なのか、などと漠然と考えてもみたが、心に引っかかることだった。

二回目に会ったのは私が招いたからだ。当時私はNHKの『ラジオ夕刊』という番組の編集長兼キャスターをやっていた。この番組は午後六時から約一時間ナマでいろいろな方々の話を聞くもので、好きなようにやってよいという条件で引き受けたいきさつから、私の趣味で人選をし、私自身も楽しんでいた。ドクターをその出演者として招いたというわけである。救命センターの医者という仕事に興味があったことはもちろんだが、私の狙いはプレイボーイドクターの真相を知りたいという野次馬根性もあった。

なぜ独りなのかという問いに、浜辺さんは、昼も夜も、日曜も休日も有ってなきがごとき生活だから、付き合う時間もままならない、というふうなことを言った。

私が驚いたのは、その後何気ないふうに浜辺さんがポツリと漏らした言葉である。

「それにこの仕事をしていると、家庭というものが本当に良いものかどうかという疑問もありますし……」と言う。

ドクターが日々見ているのは生と死の境目の世界であり、その中での人間関係である。重傷で運び込まれた人の身内を警察が必死の思いで探し出し、連絡を取ると、死んだら知らせてくれというだけで突き放す人、愛人のところで急死した夫の状況をいつまでも追及する妻、家族にさんざん迷惑をかけた男だとドクターに向かってうっぷんばらしをして面会にも来ない兄弟。

せめて死と向かいあう時には、すべてを許し許されて心安らかに逝きたいものだと考えているものにはショッキングな事例が、浜辺ドクターの救命センターの活動を通して語られている。

「とは言っても心あたたまる、これぞ家庭の良いところ、といった例だってないわけではないでしょうに」と問いかけた私に、浜辺さんの答えは暗かった。

「そういう事例がないわけではない。しかしそれは例外的です。私の体験から言えば、ほのぼのと家庭の良さを感じさせるケースは、そう、十件に一つかせいぜい二つというところです」と言う。

死を間際にした人間模様のなかで、家族の絆、人の心のつながりの強さにホッとできるエピソードは『救命センターからの手紙』には少ない。その体験を重ねている浜辺ドクターが、ラジオの生番組でふと漏らしたひとことは、現代の日本の家庭の真実を衝いているということではないか。

この著書の全編を通じて流れているのは医の世界の原理原則と現実とのとほうもないギャップである。浜辺ドクターはこれをベテラン医師と若い研修医とのやりとりという形でドラマのように表現している。

何が何でも医術のすべてを駆使して命を繋ぐよう全力をあげるべきだと主張する若い医者達、これに対して医長の地位にある浜辺ドクターは、仮にその患者の命がつながったとしても、その後に続くのは永遠に植物状態で、本人がまったく意識しないまま家族に苦しみをもたらすことを指摘し、若い研修医のいう原則的な倫理感に疑問を挟む。

おそらくこの葛藤は浜辺ドクター自身が経て来た道であろう。自宅の近くで車にはねられ、ほとんど即死の小学生の子供に必死にすがりつく両親、それを見て優しい言葉の一つもかけたらどうかという研修医。この事態で両親には医者の顔すら目に入っていない、一時の形だけの慰めがいかほどの意味が有るのかと突き放すドクター。

子供も成長し、ようやくこれから自分達の人生を楽しめるという時期に間の悪い転倒で首の骨を折り、身体を動かすことも身体で感じることも出来なくなり、しかし意識だけはしっかりしている女性に、研修医は生涯その状態は変わらないと告知することが出来ない。知らせた上で生きる道を探させるべきだと浜辺ドクターが説得して行く過程は、ドラマなど足元にも及ばないリアリティーがある。いつ自分の身の回りに同じことが起こらないとも限らないからだ。

救急車を手段とする救命医療の難しさと問題点も、このドクター・ファイルは切実に感じさせてくれる。

高齢のほとんど老衰の男性が救急車で運ばれてくる。救急車の出動要請をした家族は、すべての手を尽くしてあの世に送ってやりたいと言う。しかし医師としてやるべきことはもうない。そしてこの老人患者のためにベッドは一つ塞がってしまう。

別の急患の受け入れ要請が入る。こちらは建設現場から落下した作業員の事故である。ドクターの判断では、事故直後のこの患者はいますぐに手当てをすれば助かるかも知れない。だがドクターの治療室は先の老人で塞がっている。転落の作業員は他の受入先を探している間に助かる可能性がぐんぐん少なくなっていく。

できる限りの手を尽くしたいという家族の気持ちと、そのために他の助けられる患者を助けられなくなってしまうという、ドクターの無念さが胸に迫る。何を隠そう、私自身がつい最近その家族をやったのだ。

両親は私の故郷信州の八ヶ岳の麓で二人で暮らしていた。進行の遅い癌を患っていた母を父が自宅で看病していた。入院させたらと周囲の人たちも医師も勧めたが、母は入院は嫌だと言い、父は妻の面倒を見るのは自分の義務だと言い、自宅で暮らしていた。

昨年その母が父に看取られて八九歳で逝った。自宅での往生だった。元気だった父が気力を失ったのはそれからである。九二歳の父は、ちょうど三か月後に力尽きた。

家族が集まっていたがもうダメなことは分かっている。しかしやはり最後のところで救急車の出動を仰いでしまった。結果として、できるだけの事はした、という家族の慰めのためだけの救急車になってしまった。

田舎の病院のことである。その間に助かる人が助からなかったなどということはなかったろうと思うが、大都会ではおそらく日常に起こっていることだろう。

浜辺ドクターにラジオに出演して頂いた時にもうひとつ気になっていたことを尋ねた。それはドクターの言葉遣いである。随分乱暴な言葉があちこちに使われている。演出効果のためにわざと乱暴な表現を本で使ったのかとも思ったが、浜辺さんの答えは予想に反していた。救命センターで使う言葉をそのまま書いたと言う。

「救命センターでの仕事は一刻を争うことです。的確で敏速な意志の疎通にはああいう物言いが有効なんです」という。

そう言われれば、ドクターの手紙で想像できるのは修羅場の戦場である。そこに死を前にした人間の感情が絡む。全力をあげて治療しても、植物状態の人間になり、家族からはなぜ助けたのですかと問われる世界である。

救命センターに運ばれて来る患者の中で一番多いのが心肺停止の人、浜辺さんの率直な表現を借りれば〝ほとんど三途の川の向こう側に渡った人〟だと言う。浜辺ドクターが救命センターに勤務して以来手当てをした心肺停止の患者は千五百人、そのうち川の向こう側から呼び返すことができたのは二、三パーセントだけだと言う。元の生活に戻ることが出来たのはたったの六人だけ！

決して明るい話ではないが、私は『救命センターからの手紙』を読み返すとほのぼのとした気分になる。それは浜辺ドクターの仕事の中に、医師として人間として真摯な悩みを感じ取ることができるからだ。NHKの記者達が番組の制作に当たって浜辺ドクターの意見を頼りにしていることは後から知った。おそらく私と同じ気持ちからだろう。

その後、浜辺ドクターが〝家庭は良いもの〟と思うようになっているかどうかは知らない。

しかし彼のドクター・ファイルには、きっとそう思えるエピソードだってあるに違いない。

この次はそのファイルを読ませて頂きたいと思う。

本書は一九九八年四月、集英社から刊行されました。

集英社文庫 目録（日本文学）

花井愛子 ブルー・ハネムーン
花井愛子 幻想曲
花井愛子 シークレット！
花井愛子 ヴィヴィアンの素顔
花井愛子 殺人ダイエット 山田ババアの世直しファイル
花村萬月 ゴッド・ブレイス物語
花村萬月 渋谷ルシファー
花村萬月 風に舞う
花村萬月 風転(上)(中)(下)
花家圭太郎 暴れ影法師 花の小十郎見参
花家圭太郎 荒舞 花の小十郎始末
花家圭太郎 乱《みだれ》舞《まい》 花の小十郎京はぐれ
帚木蓬生 エンブリオ(上)(下)
浜辺祐一 こちら救命センター 病棟こぼれ話
浜辺祐一 救命センターからの手紙 ドクター・ファイルから
浜辺祐一 救命センター当直日誌
早坂茂三 オヤジとわたし
早坂茂三 田中角栄回想録
早坂茂三 政治家 田中角栄
早坂茂三 駕籠《かご》に乗る人 担《かつ》ぐ人
早坂茂三 捨てる神に拾う神
早坂茂三 権力の司祭たち
早坂茂三 宰相の器
早坂茂三 鈍牛にも角《つの》がある
早坂茂三 男たちの履歴書
早坂茂三 政治家は「悪党」に限る
早坂茂三 意志あれば道あり
早坂茂三 勝利のヒント
早坂茂三 元気が出る言葉
早坂茂三 オヤジの知恵
早坂茂三 猫たちの世相巷談 雑草派に贈るエール
早坂茂三 怨念の系譜

早坂倫太郎 不知火《しらぬい》清十郎 龍琴の巻
早坂倫太郎 不知火清十郎 鬼琴の巻
早坂倫太郎 不知火清十郎 血風の巻
早坂倫太郎 不知火清十郎 辻斬り雷神
早坂倫太郎 不知火清十郎 将軍密約の書
早坂倫太郎 不知火清十郎 妖花の陰謀
早坂倫太郎 不知火清十郎 木乃伊《ミイラ》斬り
早坂倫太郎 不知火清十郎 夜叉血殺
早坂倫太郎 波浪島の刺客 弦四郎 鬼神斬り
早坂倫太郎 毒牙狩り 波浪島の刺客
早坂倫太郎 天海僧正の予言書 波浪島の刺客
林えり子 田舎暮しをしてみれば
林望 音の晩餐
林望 林望が能を読む
林望 能は生きている
林望 マーシャに

集英社文庫　目録（日本文学）

集英社文庫　目録（日本文学）

半村良　八十八夜物語①〜④
半村良　忘れ傘
半村良　雨やどり
半村良　高層街
半村良　能登怪異譚
半村良　晴れた空(上)(中)(下)
半村良　昭和悪女伝
半村良　講談 碑《いしぶみ》夜《や》十郎《じゅうろう》(上)(下)
半村良　江戸打入り
半村良　ガイア伝説
半村良　かかし長屋
半村良　すべて辛抱(上)(下)
半村良　産霊《むすびの》山《やま》秘《ひ》録《ろく》
東野圭吾　分身
東野圭吾　あの頃ぼくらはアホでした
東野圭吾　怪笑小説
東野圭吾　毒笑小説
東野圭吾　白夜行
東野圭吾　おれは非情勤
干刈あがた　借りたハンカチ
干刈あがた　野菊とバイエル
引間徹　19分25秒
樋口一葉　たけくらべ
樋口修吉　銀座北ホテル
日高義樹　日本いまだ独立せず
日野啓三　抱擁
氷室冴子　冴子の東京物語
氷室冴子　ターン―三番目に好き
氷室冴子　冴子の母娘草
氷室冴子　ホンの幸せ
姫野カオルコ　A.B.O.AB
姫野カオルコ　愛はひとり
姫野カオルコ　みんな、どうして結婚してゆくのだろう
姫野カオルコ　ひと呼んでミツコ
姫野カオルコ　サイケ
姫野カオルコ　すべての女は瘦せすぎである
姫野カオルコ　よるねこ
平井和正　決定版 幻魔大戦(全十巻)
平井和正　時空暴走 気まぐれバス
平井和正　ストレンジ・ランデヴー
平井和正　インフィニティー・ブルー(上)(下)
平岩弓枝　華やかな魔獣
平岩弓枝　女の足音
平岩弓枝　この町の人
平岩弓枝　やきもの師
平岩弓枝　ハサウェイ殺人事件
平岩弓枝　女のそろばん
平岩弓枝　釣《つり》女《おんな》 花房一平捕物夜話

集英社文庫　目録（日本文学）

集英社文庫

救命《きゅうめい》センターからの手紙《てがみ》　ドクター・ファイルから

2001年３月25日　第１刷
2006年６月６日　第10刷

定価はカバーに表示してあります。

著　者　浜《はま》　辺《べ》　祐《ゆう》　一《いち》

発行者　加　藤　潤

発行所　株式会社　集　英　社
東京都千代田区一ツ橋2—5—10
〒101-8050
(3230) 6095（編　集）
電話　03 (3230) 6393（販　売）
(3230) 6080（読者係）

印　刷　中央精版印刷株式会社　株式会社美松堂
製　本　中央精版印刷株式会社

ISBN4-08-747304-X C0195